Die Doppel-Kekse
Chaos hoch zwei mit Papagei

Patricia Schröder, 1960 geboren, lebt mit ihrem Mann und einer Handvoll Tieren auf einer Warft an der Nordsee. Ihr »richtiger« Beruf ist Textildesignerin, noch lieber aber als Muster für Blusen, T-Shirts oder Krawatten denkt sie sich Geschichten für junge Mädchen aus, und so hängte sie ihren ersten Beruf vor einigen Jahren kurzerhand an den Nagel. Inzwischen gehört sie zu den erfolgreichsten und beliebtesten deutschen Kinder- und Jugendbuchautorinnen.

Aus der »Doppel-Kekse«-Reihe bisher erschienen:

Die Doppel-Kekse
Bd. 1: Einmal Zwilling, immer Zwilling

Die Doppel-Kekse
Bd. 2: Chaos hoch zwei mit Papagei

Mehr über unsere Bücher, Autoren und Illustratoren auf:
www.planet-verlag.de

Patricia Schröder

Die Doppelkekse

Chaos hoch zwei mit Papagei

Planet!

Kladdenklau und schlimme Wörter

August 2017

Lucie (meine Schwester)	Lea (ich)
mit einem Jungen befreundet (Rabatze)	mit 2 Mädchen befreundet (Alina und Vanessa)
ständig pleite (besitzt gar keine Spardose)	sparsam (155 Euro Guthaben im Spardosenhund)
Slacklinen, Eishockey	Rollkunstlauf
immer vorne weg	ein bisschen schüchtern
schreibt Slam-Poetrys	würde gerne Gitarre spielen (Wunsch: Gitarre !!!)
chaotisches Zimmer	aufgeräumtes Zimmer
liebt Lakritzdrops	liebt Erdbeereis

Lea hockte mit untergeschlagenen Beinen auf ihrem Bett und kratzte sich mit der türkisfarbenen Radiergummi-Eule, die sich am Ende ihres Bleistifts befand, hinterm Ohr.

Dafür, dass ihre Zwillingsschwester und sie aus einer einzigen Eizelle entstanden waren, waren sie ganz schön verschieden! Gemeinsam hatten sie eigentlich nur das kleine Muttermal unter dem rechten Nasenflügel und dass sie sich auch sonst zum Verwechseln ähnlich sahen. Außerdem teilten sie natürlich die Liebe zu ihren Eltern Rosanna und Gerald von Leipnitz alias »die Butterkekse«, Opa Pistorix und ihrem Papagei Punkt-um, aber das war es dann auch schon.

Lea seufzte leise, blätterte die Zwillingsschwestern-Vergleichsseite in ihrer Kladde um und notierte:

August 2017

Wunscherfüllung Gitarre

Geld verdienen – aber wie?

Benötigte Summe: ungefähr 300 Euro

Mögliche Jobs:

- Opa Pistorix beim Kuchenbacken helfen
- Prospekte austragen

Lea wollte als dritten Punkt gerade »beim Kindertheater in der Garderobe arbeiten« auflisten, als die Zimmertür aufflog und Lucie hereinstürmte.

»Hey, was machst du denn da wieder Langweiliges?«, platzte sie heraus.

Hastig schlug Lea die Kladde zu und ließ sie hinter ihrem Rücken verschwinden.

Lucie zog ihre Stirn kraus.

»Hast du etwa Geheimnisse vor mir?«, fragte sie lauernd.

»Du etwa nicht?«, erwiderte Lea schulterzuckend.

»*Ich* vor *mir*?« Lucie lachte. »Ich wette mal, das wüsste ich.«

»Blödi!«

Lea warf eins der bunten Kissen, die das Kopfende ihres Bettes zierten, nach ihrer Schwester. Lucie fing es auf und schleuderte es umgehend zurück. Es traf Lea mitten ins Gesicht, woraufhin sie es gegen ihre Brust drückte und sich kichernd zur Seite kippen ließ.

Lucie witterte ihre Chance.

Sie hechtete auf das Bett zu und schnappte sich die Kladde.

»Heee!«

Lea sprang sofort auf, aber da war Lucie bereits hinausgestürmt. Sie tauchte in ihr Zimmer ab und verriegelte flugs die Tür hinter sich. Es dauerte keine drei Sekunden, und Lea hämmerte mit beiden Fäusten dagegen.

»Gib mir sofort meine Kladde zurück!«, brüllte sie.

Lucie reagierte nicht. Sie stolperte über einen Berg aus Klamotten, Zeitschriften, CDs und Schulunterlagen, der sich auf ihrem roten Teppichboden angesammelt hatte, und rettete sich im letzten Moment in ihren ebenso überfüllten knallgrünen Plüschsessel, der glücklicherweise nicht dort stand, wo er seit ihrer letzter Umräumaktion eigentlich hingehörte.

Lucie schaufelte kurzerhand alles zu Boden, was sie an einem einigermaßen bequemen Sitzen hinderte, und atmete einmal tief durch.

»Was krieg ich dafür?«, brüllte sie schließlich zurück.

Zuerst dachte Lea, dass sie zu viel Schmalz in den Gehörgängen oder irgendeine fiese Ohrenkrankheit hätte, aber dann wurde ihr ziemlich schnell klar, dass ihre Schwester es absolut ernst meinte.

»Gar nichts!«, rief sie. »Jedenfalls nicht, wenn du da drin liest!«

»Tu ich ja nicht«, erwiderte Lucie und schlug die Kladde auf.

»Ach ja?«, wetterte Lea. »Und wer garantiert mir das?«

»Ich«, antwortete Lucie. »Steht sowieso nur schnarchiges Zeugs drin«, setzte sie hinzu, nachdem sie die Liste auf der ersten Seite durchgesehen hatte.

Oaaah! Lea schwoll vor Wut der Hals an. Das war ja mal wieder typisch!

Sie beugte sich hinunter und spähte durchs Schlüsselloch. Ihr Blick fiel genau auf Lucies Bauch … ihre Hände … und die aufgeschlagene Kladde darin.

»Du bist so gemein!«, schrie Lea.

»Geheimnisssverrrraaat!«, krakeelte Punkt-um aus dem Wohnzimmer.

»Überhaupt nicht«, sagte Lucie. Sie schlug die Kladde zu, sprang aus ihrem Sessel auf und lief zur Tür. »Ich werde kein einziges deiner Geheimnisse verraten.«

»Ts!« Lea richtete sich wieder auf und schüttelte den Kopf. »Wer's glaubt!«

»Vorausgesetzt natürlich, du haust mich nicht k.o., wenn ich dir aufmache.«

»*Ich dich?*«, fauchte Lea. »Ja, klar! Das mache ich doch immer so!«

In diesem Moment ertönte das Geräusch von einem Schlüssel, der ins Schloss der Wohnungstür geschoben und herumgedreht wurde, und einen Atemzug später stand Rosanna von Leipnitz auf der Schwelle.

»Was ist denn hier los?«, fragte sie, als sie Lea mit glutrotem Gesicht vor dem geschlossenen Zimmer ihrer Schwester stehen sah.

»Lucie hat Angst, dass ich sie verprügele.«

»Ach, tatsächlich?« Rosanna von Leipnitz' Augenbrauen wanderten verwundert nach oben. »Da muss sie aber etwas ganz besonders Schlimmes angestellt haben.«

Mein Listenbuch, lag es Lea auf der Zunge. Sie hat mir mein Listenbuch geklaut und darin gelesen.

Doch sie sagte es nicht.

Stattdessen bekam sie es irgendwie hin, sich ein Grinsen ins Gesicht zu zaubern.

Ihre Mutter zog den Schlüssel ab und drückte die Tür hinter sich zu.

Sie stellte ihre Umhängetasche auf dem Korbstuhl neben der Garderobe ab, warf einen prüfenden Blick in den Spiegel und wandte sich wieder Lea zu.

»Muss ich irgendetwas tun?«, fragte sie. »Essensentzug? Kerker?«

»Nein, Mama«, erwiderte Lea lachend. »Es ist alles in Ordnung.«

»Ja dann …«

»Alle Mann in den Kerrrkerrr!«, befahl Punkt-um.

»Tut mir leid, mein Süßer!«, rief Rosanna von Leipnitz in Richtung Wohnzimmer. »Aber der einzige Mann in dieser Wohnung bist du. Zumindest im Augenblick. Außerdem hockst du bereits im Gefängnis.«

»Geheimnisverrraaat«, antwortete Punkt-um. »Küss mich, mein Süßer!«

»Der Arme«, meinte Rosanna von Leipnitz kopfschüttelnd. »Er bringt auch alles durcheinander.« Sie zwinkerte Lea zu. »Vielleicht solltet ihr zwei euch mal ein bisschen um ihn kümmern, damit er sich wieder beruhigt. In der Zwischenzeit mache ich uns drei Hübschen etwas zu essen.«

»Okay …« Lea nickte und atmete tief durch. »Kommt Papa denn gar nicht zum Abendbrot?«

»Nein. Heute ist Elternversammlung in der 10c.«

»Ach so.« Lea heftete ihren Blick auf Lucies Zimmertür. »Dürfen wir Punkt-um fliegen lassen?«, fragte sie laut.

»Meinetwegen«, entgegnete ihre Mutter. »Aber schaut vorher bitte nach, ob alle Fenster geschlossen sind.«

Sie hatte es kaum ausgesprochen, da wurde die Tür bereits aufgerissen, und Lucie stürmte heraus.

»Ich mach das!«, rief sie. »Ich lass ihn raus!«

»Gerne«, murmelte Lea, stieg über Lucies Klamottenberg und klaubte ihre geöffnete Kladde vom Fußboden auf.

- *Hunde ausführen*

stand dort in Lucies Handschrift unter Leas Notizen auf der letzten Seite.

»Wie läuft es denn so in deiner neuen Klasse?«, wollte Rosanna von Leipnitz wissen, als Lea, Lucie und sie eine Dreiviertelstunde später beim Abendessen zusammensaßen.

»Fantastico!«, krakeelte Papagei Punkt-um, der auf der Lehne von Gerald von Leipnitz' Stuhl thronte und eine Spaghetti verspeiste.

»Na ja«, meinte Lucie. »Das ist vielleicht ein bisschen übertrieben. Die Lehrer sind eigentlich ganz okay …«

»Aber?«, fragte Rosanna von Leipnitz gedehnt.

»Alles Arschlöcher«, erwiderte Punkt-um, während er sich nach vorne neigte und die Schüssel mit den Spaghetti beäugte.

»Na, hör mal!«, protestierte Lea. »So etwas sagt man aber nicht!«

Sie gab sich alle Mühe, empört zu klingen, konnte sich ein Kichern aber nicht verkneifen.

»Mhm«, pflichtete Lucie ihrer Schwester bei. »Schon gar nicht zu Spaghetti. Die sind nämlich lecker.«

»Seeehrrr leckerrr!«, bestätigte Punkt-um und riss seinen Schnabel sperrangelweit auf.

»Ganz generell finde ich, dass an seinem Wortschatz ein wenig gefeilt werden sollte«, sagte Rosanna von Leipnitz mit ernster Miene. »Allmählich wird es peinlich, jemanden zu uns einzuladen.«

»Ach, wieso denn?«, meinte Lucie. »Ist doch lustig. Und wenn jemand kommt, in dessen Ohren sich solche Wörter nicht gut anhören, hängst du einfach das Tuch über Punkt-ums Käfig. Und schon hält er die Klappe.«

»Auch meine Ohren sind empfindlich gegen solche Ausdrücke«, entgegnete ihre Mutter scharf. »Soll der arme Kerl deswegen etwa den ganzen Tag im Dunkeln hocken?«

»Nein, natürlich nicht«, gab Lucie hastig und auch ein wenig schuldbewusst zurück. »Aber das mit den A…s habe ich ihm wirklich nicht beigebracht!«, sagte sie und hob die rechte Hand zum Schwur.

»Leckerrr!«, wiederholte Punkt-um und reckte den Kopf in Richtung Nudelschüssel.

Lea fischte eine Spaghetti heraus und hielt sie ihm hin. Der Papagei schnappte sie sich, vertilgte sie schmatzend und schnurrte dabei wie ein Kätzchen.

Rosanna von Leipnitz schüttelte unwillig den Kopf.

»Es sind ja nicht nur die Ausdrücke, sondern auch die Geräusche.«

»Aber das Schnurren …«, startete Lucie ihre Verteidigung, denn das meiste von dem, was Punkt-um von sich gab, war zweiffellos auf ihrem Mist gewachsen.

»Ich meine das Schmatzen«, fiel ihre Mutter ihr ins Wort.

»Wir hätten ihn besser vor dem Essen wieder einsperren sollen«, sagte Lea seufzend.

»Keine zwei Meinungen«, erwiderte Rosanna von Leipnitz.

»Er wollte ja nicht«, hielt Lucie dagegen.

»Was mich nicht wundert«, entgegnete ihre Mutter. »Ich hätte auch keine Lust, den ganzen Tag in einem Käfig zu sitzen. Die Anschaffung dieses Papageis ist eine einzige

Schnapsidee gewesen!«, schimpfte sie plötzlich los und fuchtelte dabei wie wild mit ihrer Gabel in der Luft herum.

»Prost in die Runde!«, sagte Punkt-um mit Gerald von Leipnitz' Stimme, tänzelte auf der Stuhllehne hin und her und wippte mit dem Kopf.

»*Wir* haben ihn uns nicht gewünscht«, betonte Lucie und deutete zuerst auf ihre Schwester und dann auf sich. »Papa hat ihn angeschleppt ... Einfach so, ohne uns zu fragen.«

»Verrraaat!«, krakeelte Punkt-um.

Er schlug mit den Flügeln und hob von der Stuhllehne ab. Kurz darauf landete er mitten in der Schüssel, griff sich einen Schnabel voller Spaghetti und flatterte laut schmatzend davon.

»So geht das nicht weiter«, sagte Rosanna von Leipnitz. »Entweder der Papagei bleibt im Käfig ...«

»Oder?«, krächzte Lea und zog den Kopf ein. – Als ob eine Unglücksbotschaft sie so nicht treffen könnte!

»Ihr bringt ihm endlich Manieren bei«, gab ihre Mutter zurück, und das klang ziemlich endgültig.

»Es ist unfair«, sagte Lucie später, nachdem alles aufgegessen und der Tisch abgeräumt war. »Mama hat uns erlaubt, ihn fliegen zu lassen.«

Lea seufzte tief und verdrehte die Augen.

»Es ist sogar noch unfairer.«

»Hä?« Lucie zog die Stirn kraus. »Wieso denn das?«

Die Zwillingsschwestern hockten nebeneinander auf dem

Sofa und hielten den Blick auf die offene Tür des Papageienkäfigs gerichtet.

Punkt-um saß auf dem Wohnzimmerschrank und putzte sich das Gefieder. Eine einsame Spaghetti baumelte über dem Schlüssel einer Schublade. Den Rest der Nudeln, die nicht im Magen des Papageis verschwunden waren, hatten Lea und Lucie bereits eingesammelt und im Mülleimer entsorgt.

»Ganz einfach«, begann Lea aufzuzählen. »Erstens: Papa hat Punkt-um angeschleppt, Mama hat erlaubt, ihn fliegen zu lassen, und du hast ihm die ganzen schlimmen Wörter beigebracht.«

»Das stimmt nicht!«, wies Lucie sofort von sich. »Papa und Opa Pistorix fanden das lustig und haben mitgemacht. Und du hast ihm als Erste erlaubt, von deinem Teller zu essen.«

Lea seufzte noch einmal. Da hatte Lucie leider recht.

Ihr Großvater, ihr Vater, Lucie und sie – sie alle hatten ihren Spaß mit Punkt-um. Nur ihre Mutter war als Einzige von Anfang an dagegen gewesen, einen Papagei in der Wohnung zu halten.

»Ich wette, Mama will ihn loswerden«, orakelte Lucie.

Ein Schreck durchzuckte Leas Herz.

»Das darf sie nicht«, sagte sie mit puddingweicher Stimme. »Wo soll er denn hin? Etwa in ein Tierheim? Oder zurück in die Zoohandlung?«

»Zoo wäre schon mal die richtige Richtung«, ertönte Rosanna von Leipnitz' Stimme aus dem Flur.

»Oaaah, du hast uns belauscht!«, rief Lucie empört.

»Ganz und gar nicht«, erwiderte ihre Mutter. »Ich bin auf

meinem Weg zur Bügelwäsche lediglich an der Wohnzimmertür vorbeigekommen.«

»Jedenfalls geben wir Punkt-um nicht her!«, rief Lea. »Er hat sich doch schon total an uns gewöhnt.«

»Und wir uns an ihn«, fügte Lucie hinzu.

»Trotzdem wäre er im Zoo, wo er mit seinen Artgenossen in einer großen Voliere leben könnte, sehr viel besser aufgehoben«, argumentierte Rosanna von Leipnitz.

»Das ist nicht dein Ernst!«, stieß Lucie hervor.

»Verrraaat!«, kreischte Punkt-um. »Aufhängen den Kerl!«

»Halt bloß den Schnabel«, sagte Lea. »Und sieh zu, dass du in deinen Käfig kommst.«

»Mein Süßer«, erwiderte Punkt-um zärtlich und knabberte an seinen Krallen.

Plötzlich hob er vom Wohnzimmerschrank ab, umkreiste die Stehlampe und landete auf der Käfigklappe.

»Sehr gut«, lobte Lea ihn, kraulte ihn kurz am Hals und stupste ihn sanft an. »Und jetzt hinein mit dir.«

»Mein Süßer«, säuselte Punkt-um.

Er kletterte auf seine Schaukel, und Lea schloss die Käfigtür.

»Klappe zu, Affe tot«, vermeldete Punkt-um und ließ sich hinterrücks von seiner Schaukel fallen.

»Oh Mann«, stöhnte Lea. »Wie sollen wir ihm das bloß alles wieder abgewöhnen?«

»Ich krieg das auf keinen Fall hin«, sagte Lucie. »Das musst du machen. Du hast doch selber gesehen, wie gut er auf dich hört. Ich kann nur versuchen, in seiner Gegenwart keine schlimmen Wörter mehr zu sagen«, beeilte sie sich hinzuzufügen, als sie den empörten Blick ihrer Schwester bemerkte.

»Sonst noch was?«, brummte Lea.

»Am besten, du nimmst ihn mit in dein Zimmer«, schlug Lucie vor. »Damit er ab sofort weder Werbung noch Agententhriller anschauen kann.«

Lea richtete den Blick genervt zur Zimmerdecke. »Tolle Idee!«

»Hast du 'ne bessere?«, fragte Lucie.

»Nein«, knurrte Lea. »Aber nur unter einer Bedingung«, forderte sie. »Du setzt nie wieder ungefragt einen Fuß in mein Zimmer. Uhuuund … du lässt die Finger von meinen Sachen.«

»Wieso denn?«, fragte Lucie. Sie verschränkte die Arme vor der Brust und musterte ihre Schwester angriffslustig. »Hat dir mein Vorschlag zum Geldverdienen etwa nicht gefallen?«

»Es heißt Süß*e* und nicht Süß*er*«, wisperte Lea. »Zumindest wenn du mit mir redest. Oder mit Mama«, bekräftigte sie. »Es wäre gut, wenn du Mama in Zukunft Süß*e* nennen und nur noch nette Sachen zu ihr sagen würdest.«

Punkt-um antwortete nicht. Was kein Wunder war, schließlich hockte er unter seinem Tuch – und hatte vermutlich den Kopf schon längst unter seinen Flügel gesteckt und schlief.

Lea dagegen fühlte sich schrecklich munter. Immer wieder schielte sie auf ihren Wecker und kniff danach vor Schreck die Augen zu.

OMG! Schon zehn vor elf! Normalerweise war sie bereits zwischen neun und halb zehn in tiefen Schlummer gesunken.

Leise stöhnend wälzte Lea sich hin und her, drehte ihre Bettdecke zu einer Wurst und schlang die Beine darum. Sie zog an den Ecken, machte Knoten hinein und dröselte sie wieder auf. Doch völlig egal, was sie mit ihrer Bettdecke machte, es half nichts. Lea konnte gar nicht anders, als an Punkt-ums ungewisses Schicksal zu denken, und sich darüber zu ärgern, dass Lucie einfach in ihre Kladde geschrieben hatte.

»Blöde Kuh«, murmelte sie so leise, dass der Papagei es unmöglich hören konnte.

Lea enthedderte ihre Bettdecke, zog sie sich bis unters Kinn und drehte sich der Wand zu. Langsam ließ sie ihre Hand darübergleiten. Lucies Bett stand genau gegenüber, nur fünfzehn oder zwanzig Zentimeter Wanddicke entfernt. – Ob sie wohl auch nicht einpennen konnte?

Vielleicht sollte Lea vorsichtig anklopfen. Nur ein einziges Mal. Und wenn Lucie dann nicht reagierte, könnte sie vielleicht aufstehen und zu ihr hinüberhuschen. Nein, besser nicht. Papa konnte es nicht leiden, wenn die Schwestern unter der Woche in einem Bett schliefen.

Genau genommen fand er es grundsätzlich blöd.

Er nannte es Zwillingskrankheit.

Na ja, direkt ausgesprochen hatte Gerald von Leipnitz dieses Wort bisher so natürlich nicht, und er würde es wohl auch niemals tun. Aber Lea und Lucie wussten genau, was er dachte, nämlich dass sie seiner Ansicht nach lange genug wie zusammengewachsen aneinandergeklebt hatten. – Ts!

Eigentlich müsste sie Papa ihre Liste mit den Unterschieden mal zeigen und ihn daran erinnern, dass Lucie und sie mehr miteinander stritten als aufeinanderhingen. In dieser Hinsicht verhielten sie sich nämlich nicht anders als andere (normale) Geschwister.

Wenn Lucie langweilig war, kam sie schnell auf komische Ideen und konnte schon mal unerträglich sein. Deshalb war es ja auch irgendwie gut, dass Papa, der Mathe an ihrer Schule unterrichtete, darauf bestanden hatte, dass Lucie in die Parallelklasse kam.

Der wahre Grund für diesen erzwungenen Klassenwechsel war allerdings ein anderer und hatte wohl nur ganz nebenbei etwas damit zu tun, dass ihr Vater ihnen eine Zwangstrennung verordnen wollte. Davon zumindest waren Lea und Lucie überzeugt. Und ein bisschen zugegeben hatte Papa es ja schließlich auch.

Das Ganze hatte mit Miriam zu tun, die Klassensprecherin in der 6a gewesen war und damals wohl von ihren Mitschülern gemobbt wurde. Lucie verdächtigte sogar Herrn Senfig, ihren Erdkundelehrer, etwas damit zu tun gehabt zu haben. Beweisen konnte sie das allerdings nicht.

Überhaupt auf diesen Gedanken gekommen war sie, nachdem Lea eine mysteriöse Handynummer in Gerald von Leipnitz' Notizbuch gefunden und die Schwestern dort angerufen hatten. Zu ihrer Überraschung war damals nämlich Miriam am anderen Ende gewesen und hatte sich total aufgeregt danach erkundigt, ob er schon etwas über Herrn Senfig herausgefunden hätte. Die Schwestern hatten zwar von Lucies Handy aus telefoniert und sich nicht einmal mit

Namen gemeldet, trotzdem war Miriam wohl – aus welchem Grund auch immer – davon ausgegangen, dass Gerald der Anrufer war. Tja, und als sie ihren Fehler bemerkte, hatte sie die Verbindung dann auch ganz schnell gekappt.

Merkwürdig eigentlich, dass Lucie noch gar nichts weiter über diese Senfig-Sache herausgefunden hat, schoss es Lea durch den Kopf. Darauf musste sie ihre Schwester morgen unbedingt noch mal ansprechen. Immerhin war Lucie jetzt Klassensprecherin in der 6a … ähm 7a …

Lea gähnte herzhaft. Sie merkte noch, wie ihre Hand die Wand hinunterglitt und in die Bettdecke sank. – Und dann war sie auch schon eingeschlafen!

Das Sabotage-Trio

»Tachchen auch«, quäckelte Punkt-um, als Lea am nächsten Morgen das Tuch von seinem Käfig herunterzog.

»Guten Morgen, Süße«, erwiderte sie gähnend, obwohl es ja eigentlich Süß*er* hätte heißen müssen.

Damit der Papagei ihre Mutter jedoch in Zukunft mit den richtigen Worten ansprach, konnte Lea auf grammatikalische Korrektheit keine Rücksicht nehmen.

»Ich bin hundemüde«, erklärte sie Punkt-um, während sie das Tuch zusammenfaltete.

Der Papagei tänzelte auf seiner Stange hin und her.

»Hundemüde«, erklärte er und fing an zu schnurren.

»Vielleicht hat Lucie recht, und ich sollte wirklich Hunde ausführen«, grübelte Lea. Sie legte das Tuch auf einen freien Platz in ihrem Regal und nahm frische Unterwäsche aus ihrem Kleiderschrank. »Also nicht nur zum Spaß, weil ich Hunde gernhab, sondern hauptsächlich, um mir das Geld für eine Gitarre zu verdienen«, setzte sie entschieden hinzu.

»Hundemüde«, warf Punkt-um ein und flatterte aufgeregt mit den Flügeln.

»Du alter Schwindler«, meinte Lea kichernd. Sie schlüpfte in ihre Jeans und zog einen hellblauen Kapuzenpulli über. »Du bist überhaupt nicht müde, sondern putzmunter.«

Der Papagei kratzte sich am Kopf und krakeelte: »Putzmunter, du alter Schwindler.«

»Oh nein!«, rief Lea. »Das mit dem S-c-h-w-i-n-d-l-e-r musst du bitte ganz schnell wieder vergessen. Ja?«

Punkt-um nickte und sagte zuerst »Oooh neiiin« und dann »Jaaa?«.

Lea rollte mit den Augen. Das musste jetzt einfach sein, und zum Glück konnte ihr der Papagei das nicht nachmachen.

»Ich habe hundertfünfundfünfzig Euro und ein paar Zerquetschte in der Spardose«, erzählte sie ihm.

Lea hob ihren Rucksack auf den Schreibtisch und überprüfte seinen Inhalt. Jawohl, für den heutigen Dienstag schien tatsächlich alles drin zu sein.

»Vielleicht kann Rabatze mir ja sagen, ob man dafür auch schon eine gute gebrauchte Gitarre bekommt?«, murmelte sie vor sich hin.

Keine Ahnung, wieso sie ausgerechnet auf ihn kam, aber irgendwie war ihr so, als hätte sie schon mal irgendwo gehört, dass er in der Schulband spielte. Wenn es tatsächlich so war, wusste er ganz bestimmt über Musikinstrumente Bescheid.

»Geheimnisverrat«, säuselte Punkt-um.

»Ich weiß, dass Rabatze Lucies Freund ist«, versicherte Lea ihm. – Und sie ein klitzekleines bisschen in ihn verliebt ist, fügte sie stumm hinzu. »Ich will auch gar nix weiter von ihm«, beschwor sie den Papagei. »Trotzdem kannst du die Sache bitte gerne für dich behalten.«

Vielleicht sollte sie Lucie aber auch ganz einfach direkt darauf ansprechen, damit so eine komische Hintenrum-Geschichte gar nicht erst entstehen konnte.

»Aber ganz bestimmt nicht jetzt«, brummte Lea, legte die Klappe um, ließ die Verschlüsse einschnappen und schulterte ihren Rucksack.

»Bis später«, sagte sie und nickte dem Papagei noch einmal kurz zu. »Und sei schön brav.«

Lea gähnte noch einmal, schüttelte sich, als ob sie die Müdigkeit auf diese Weise loswerden könnte, und marschierte auf die Tür zu.

»Hiiilfeee!«, brüllte Punkt-um mit Rosanna von Leipnitz' Stimme. »Luciiieee!«

Lea wirbelte herum.

»Bist du verrückt geworden?«, zischte sie und presste mahnend den Zeigefinger gegen ihre Lippen. »Lucie soll doch nicht in mein Zimmer kommen. Und wenn sie denkt, dass Mama sie ruft, macht sie es natürlich trotzdem.«

Wie Lea ihre Schwester kannte, würde diese es vermutlich selbst dann tun, wenn ihr klar wäre, dass das Gebrüll auf Punkt-ums Konto ging, und er die Stimme ihrer Mutter nur imitiert hatte.

»Mann ey!«, schimpfte Lea. »Du bringst mich noch in Teufels Küche. Und dich gleich mit dazu.«

»Guten Appetit«, erwiderte Punkt-um gelassen.

»Das wünsche ich dir auch«, brummte Lea, stürmte in den Flur hinaus und schlug die Tür hinter sich zu.

»Was ist denn mit dir los?«, fragte Gerald von Leipnitz, der vor dem Garderobenspiegel stand und sich die Krawatte band.

»Gegenfrage«, konterte Lea. »Seit wann trägst du in der Schule einen Schlips?«

»Geheimnsiverrraaat!«, krakeelte es aus ihrem Zimmer. »Alles Arschlöcher! In den Kerker mit dir, Süße.«

»Wen Punkt-um wohl damit meint?«, wunderte sich Leas Vater. »Und wieso steht er nicht mehr im Wohnzimmer?«

»Hat Mama dir das nicht erzählt?«, erwiderte Lea, während sie auf die Küche zusteuerte.

Lucie saß bereits dort und schaufelte Cornflakes in sich hinein.

»Nein, hat sie nicht«, antwortete Gerald von Leipnitz, der ihr hinterhergeeilt war und nun den Kaffeeautomaten einschaltete.

Seine Krawatte war äußerst lässig gebunden.

»Sieht cool aus«, bemerkte Lucie und reckte den Daumen. »Kommt garantiert gut an bei den Zehntklässlern.«

»Ich verbitte mir jede Anspielung auf mein Outfit«, gab Gerald von Leipnitz mit ernster Miene zurück, »und hätte stattdessen gerne eine Antwort auf meine Frage, wieso der Papageienkäfig neuerdings in Leas Zimmer steht.«

»Weil Mama sein Geschmatze nicht mehr hören will«, klärte Lea ihn auf. »Und die unflätigen Ausdrücke auch nicht.«

»Ach, tatsächlich?«

Gerald von Leipnitz stellte eine Espressotasse unter die Düse des Kaffeeautomaten und drückte auf einen der vielen Knöpfe.

»Sie findet, dass man so unmöglich Besuch bekommen kann«, fuhr Lea fort.

»Hmhm.« Ihr Vater nickte. »Ich gebe zu: Da hat sie recht.«

»Zum Glück hat Punkt-um bisher nicht mitbekommen,

wie es klingt, wenn du furzt«, sagte Lucie leise in ihre Cornflakesschale.

Gerald von Leipnitz verstand es trotzdem.

»Ich finde, wir sollten das Thema wechseln«, brummelte er.

»Okay«, meinte Lucie. »Dein Kaffee läuft über.«

Ihr Vater schüttelte den Kopf.

»Das kann nicht sein, ich habe einen Espresso gedrückt.«

»Dann hat der Automat das wohl falsch verstanden«, gab Lucie schulterzuckend zurück.

In der Zwischenzeit war Lea bereits ans Spülbecken geeilt und hatte sich einen Lappen geschnappt, mit dem sie nun die dunkelbraune Überschwemmung aufwischte.

»Danke, mein Engel«, sagte Gerald von Leipnitz, nahm ihr den Lappen aus der Hand und machte sich nun selber ans Werk. »Du bist wirklich ein Schatz.«

»Klar, und ich nicht«, murmelte Lucie. »Und weil ich so garstig bin, räume ich auch meine Schüssel nicht in die Spülmaschine«, fügte sie hinzu, sprang von ihrem Stuhl auf und trabte aus der Küche.

»Das ist doch Unsinn!«, rief Gerald von Leipnitz ihr hinterher. »Außerdem bin ich hier ja wohl der Depp!«, wetterte er weiter. »Wie kann man nur so verpeilt sein, eine Espressotasse in den Automaten zu stellen und auf Kaffee zu drücken?«, fragte er Lea.

»Ist doch gar nichts passiert«, erwiderte sie und schenkte ihrem Vater ein Lächeln. »Kannst du bitte noch mal mit Mama reden?«

»Ja, sicher …« Gerald von Leipnitz nickte. »Ähm, worüber denn?«

Ich glaube, du bist wirklich ein bisschen verpeilt, dachte Lea und sagte: »Über Punkt-um … Und dass er bitte bei uns bleibt und nicht in den Zoo ausgelagert wird.«

Es kam selten vor, dass Lea mit ihrem Rad voranpreschte und den gesamten Schulweg schneller in die Pedale trat als ihre Zwillingsschwester, aber genau das war heute der Fall.

Lucie hatte versucht, mit ihr zu reden. Sie hatte sogar mit dem Gedanken gespielt, sich wegen des Kladdenklaus zu entschuldigen, wenn – ja, wenn! – Lea nicht auf beleidigte Leberwurst gemacht hätte.

Und so strampelte Lucie artig hinter ihrer Schwester her, unterdrückte den immer wieder aufkeimenden Impuls, sie zu überholen, und legte sich stattdessen ein paar passende Worte zurecht.

»Wozu sind Schwestern denn da?«, murmelte Lucie. »Doch wohl, um alle Geheimnisse zu teilen! Verflixt, was verbirgst du vor mir? Warum bildest du dir … *ein*, etwas Besseres zu *sein* …?«

Lucie schüttelte unwillig den Kopf. Nein, das vielleicht doch besser nicht. Und wenn es sich noch so schön reimte!

»Wir werden Punkt-um retten, das verspreche ich dir«, sagte sie. »Und dass ich deine Kladde genommen und hineingeschaut habe, ist doch kein Drama. Ganz ehrlich, wir gehören zusammen, sind doch die echt originalen von Leipnitzer Doppelkekse … Oder hast du das etwa schon wieder vergessen? … Verflixt noch mal, Lea, WARUM VER-

TRAUST DU MIR NICHT?«, brüllte sie den Rücken ihrer Schwester an.

Ts! Warum wohl?, dachte Lea.

»WIESO DENKT IHR ALLE, DASS ICH EINE HINTERHÄLTIGE KUH BIN?«, brüllte Lucie weiter. Eigentlich wollte sie das nicht, aber in ihren Eingeweiden brodelte es, und wenn sie ihren Frust nicht loswurde, kochte sie womöglich noch über. »SOGAR PAPA DISST MICH VOLL!«

»Das ist doch überhaupt nicht wahr«, murmelte Lea.

Ganz sicher würde sie sich jetzt nicht auf eine lautstarke Diskussion mit ihrer Schwester einlassen – ohne ihr dabei ins Gesicht sehen zu können und noch dazu mitten im Straßenverkehr.

Zum Glück war es bis zur Schule nicht mehr weit.

»UND DU SCHLEIMST DICH AUCH NOCH BEI IHM EIN!«

»Wrrr!«, knurrte Lea.

Sie war kurz davor, eine Vollbremsung hinzulegen und vom Rad zu springen. Doch sie riss sich zusammen und steuerte mit aufeinandergepressten Lippen und vor Wut qualmenden Ohren auf die Einfahrt des Schulgeländes zu.

Und weil sie gerade so schön viel Dampf draufhatte, brauste sie mit Karacho bis zum Fahrradunterstand durch. Erst dort ließ Lea die Bremsen quietschen. Das Hinterrad blockierte und hinterließ einen schwarzen Streifen auf dem Asphalt.

»Wow!« Toby, der sein BMX-Rad gerade abgeschlossen hatte, hob anerkennend den Daumen. »Das war mega, Lucie!«

»Ich bin nicht Lucie«, teilte Lea ihm kurz angebunden mit, rutschte vom Sattel und hob ihr Rad in den Ständer.

»UND ICH HABE MICH AUCH NICHT BEI PAPA EINGESCHLEIMT!«, brüllte sie Lucie entgegen, die nun in ungewohnt gemächlichem Tempo angerollt kam. »Ich versuche nur, Punkt-um zu retten.«

»Weiß ich doch«, sagte Lucie.

Sie stellte ihr Rad neben das ihrer Schwester und öffnete ihr Kettenschloss.

»Und wieso sagst du dann so was?«, erwiderte Lea aufgebracht.

»Weil es ja trotzdem irgendwie stimmt«, knurrte Lucie. »Und weil ich in unserer Familie eindeutig die Po-Karte gezogen habe.«

»Da bist du selber schuld«, gab Lea zurück. »Wieso hast du Punkt-um auch so doofe Wörter beigebracht?«

»Okay.« Lucie atmete geräuschvoll aus und gab sich große Mühe, nicht total auszuflippen. »Erstens war ich das nicht alleine, sondern vor allem der Fernseher. Und zweitens finde ich ziemlich gemein, dass Mama jetzt plötzlich so eine Welle daraus macht.«

Lea zuckte die Achseln. »Vielleicht wollte sie uns bloß den Spaß nicht verderben.«

»Das ist totaler Quatsch«, konterte Lucie. »Meistens hat Mama sich doch selber über Punkt-ums Kommentare amüsiert. Und auf einmal soll das alles blöd sein?« Sie tippte sich an die Stirn. »Ganz ehrlich, Schwesterkeks, das kapier ich irgendwie nicht.«

»Und wenn schon«, brummte Lea. »Das spielt doch sowieso keine Rolle mehr. Mama hat eine ganz klare Bedingung gestellt: Entweder Punkt-um benimmt sich, oder er kommt weg.«

Lucie schob die Unterlippe vor und musterte ihre Schwester verständnislos.

»Was regst du dich bloß so auf?«, fragte sie. »Eigentlich ist doch jetzt alles gut.«

Lea schüttelte den Kopf. »Wieso denn das?«

»Punkt-ums Käfig steht in deinem Zimmer. Du hast weder einen Fernseher noch redest du unflätiges Zeug. Wahrscheinlich hat unser süßes Plappermaul in ein paar Wochen schon alle schlimmen Wörter vergessen und sagt nur noch so Sachen wie: ›Hmmm, lecker gekocht, Mama‹ oder ›streichel mich, Süße‹ oder ›Lucie, hast du schon dein Zimmer aufgeräumt?‹ oder …«

»Jetzt hör aber auf«, knurrte Lea. »Du tust ja gerade so, als ob ich ein Monster wäre.«

»Hm«, machte Lucie und wippte ihre Schultern auf und ab. »Bist du ja vielleicht auch. Eine Monsterzwillingsschwester, die ein dunkles Geheimnis hat, das auf keinen Fall ans Licht kommen darf, und wenn sie dafür eine Bank ausrauben muss.«

»Du spinnst doch«, sagte Lea. »Und tu mal bloß nicht so, als würdest du mir immer alles erzählen. Das machst du nämlich auch nicht.«

Mit diesen Worten drehte sie sich auf dem Absatz um und lief mit strammen Schritten auf das Schulgebäude zu.

»Krass«, sagte Toby. »Ihr habt einen Papagei zu Hause?«

Erschrocken fuhr Lucie zu ihrem Klassenkameraden herum. Vor lauter Gestreite hatte sie gar nicht gemerkt, dass sein Rad nur wenige Schritte von ihnen entfernt parkte und er sie offenbar die ganze Zeit über belauscht hatte.

»Ja, stell dir vor«, grummelte sie. »Und er ist wirklich cool. Im Moment wünschte ich mir allerdings, es hätte ihn nie gegeben«, setzte sie mehr zu sich selbst hinzu.

Dabei wusste Lucie eigentlich nur zu gut, dass nicht Punkt-um das Problem war, sondern sie. Wirklich eingestehen wollte sie sich das jedoch lieber nicht. Ebenso wenig hatte sie Lust, sich weiter mit Toby darüber zu unterhalten, und deshalb tat sie so, als hätte sie noch eine Weile mit ihren Schnürsenkeln zu tun – bis er sich beim Ertönen des Gongs endlich abwandte und aufs Schulgebäude zulief.

»Guten Morgen, Lucie«, sagte Herr Bongartz, der neue Klassenlehrer der 7a, als Lucie zur Tür hereinkam.

»Ups, Sie sind ja schon da!«, entfuhr es ihr, und sie beeilte sich, zu ihrem Platz zu kommen.

»Ich bitte vielmals um Entschuldigung, dass ich heute ausnahmsweise pünktlich war«, meinte Herr Bongartz grinsend und deutete einen Diener in Lucies Richtung an. »Aber ich kann es dir erklären.«

»Oh …«, sagte Lucie.

Es kam selten vor, dass sie keine passende Antwort parat hatte.

»Das Schulfest«, raunte Toby ihr ins Ohr.

»Oh«, sagte Lucie noch einmal.

Das hatte sie tatsächlich nicht mehr auf der Platte gehabt, obwohl es in der ersten SMV-Sitzung gleich nach den Sommerferien ausschließlich darum gegangen war.

»Wir müssen uns überlegen, ob und was unsere Klasse dazu beitragen will«, fuhr der Klassenlehrer unterdessen fort.

»Nix«, brummten Niko, Can und Finn.

Die drei saßen in der hintersten Reihe, und fielen vor allem dadurch auf, dass sie sich so gut wie nie am Unterricht beteiligten. Lieber sagten sie einem ihrer Klassenkameraden falsch vor oder bespuckten ihn mit speicheldurchtränkten Papierkügelchen.

»Also, ich würde gerne was machen«, meldete Patrick sich mit seiner piepsigen Stimme schüchtern zu Wort.

»Klar!«, johlte Finn. »Und ich habe auch schon eine Idee: Wir könnten dich in den Basketballkorb hängen und von allen, die ein bisschen Spaß haben wollen, mit Tomaten bewerfen lassen.«

»Wie lustig«, knurrte Lucie.

Herr Bongartz nickte ihr zu.

»Ich hatte mir allerdings auch eher ein paar konstruktive Ideen erhofft«, meinte er trocken.

»Dann nehmen wir eben rohe Eier«, gab Can ebenso trocken zurück.

»Oder Tomaten *und* Eier«, erweiterte Niko das Angebot.

»Can, setzt du dich bitte neben Lucie«, sagte Herr Bongartz.

Niko deutete auf sich. »Wer? Ich?«

Der Klassenlehrer sah ihn durchdringend an.

»Habe ich Niko gesagt?«

»Keine Ahnung«, erwiderte dieser schulterzuckend. »Hab nicht so genau zugehört.«

Herr Bongartz ging über seine Bemerkung hinweg, durchquerte den Klassenraum und baute sich direkt vor Can auf.

»Wird's bald!?«

Can, dessen schwarze Haare an den Seiten raspelkurz geschnitten und in der Mitte seines Kopfes zu einer Lockentolle gegelt waren, blitzte den Klassenlehrer aus seinen großen dunklen Augen herausfordernd an.

»Was meinen Sie?«

»Ich habe dich gebeten, dich neben Lucie zu setzen«, wiederholte Herr Bongartz.

»Aber da ist kein Stuhl frei«, entgegnete Can mit Unschuldsmiene.

»Doch«, widersprach Herr Bongartz. »Weil ich nämlich gleichzeitig Toby bitte, auf deinem Stuhl Platz zu nehmen.«

»Das bringt sowieso nichts«, sagte Sabrina und rückte ihre Brille zurecht.

»Halt du am besten die Klappe«, wurde sie von Jana zurechtgewiesen, die schräg hinter ihr saß.

Finn warf ihr ein Kussmündchen zu.

»Kluges Mädchen«, sagte er feixend.

»Alles klar«, murmelte Toby. »Es geht also wieder los.«

»Was meinst du damit?«, wisperte Lucie.

»Das siehst du doch«, war die knappe Antwort ihres Tischnachbarn und Klassensprecherkollegen.

Er stopfte seinen Schreibblock und die Federtasche in seinen Rucksack und machte Anstalten aufzustehen, doch Lucie hielt ihn am Arm zurück.

»Bitte setz dich nicht weg«, raunte sie.

Toby strich sich die blonde Ponylocke aus der Stirn und sah Lucie aus seinen grasgrünen Augen forschend an.

»Keine Panik«, meinte er lächelnd. »Ich bin schneller wieder hier, als du bis drei zählen kannst. Aber das muss unser neuer Klassenlehrer auch erst mal kapieren.«

Langsam erhob er sich von seinem Stuhl und schwang die Rucksackträger über seine linke Schulter.

Augenblicklich ging ein Papierkügelchen-Hagel auf ihn nieder.

»Stopp!«, brüllte Herr Bongartz. »Sofort aufhören!«

Doch das schien Niko, Finn und Can nur noch mehr anzuspornen. In einem unglaublichen Affenzahn rissen sie Papierstücke aus Zeitschriften, kauten sie zu Kügelchen und spien sie in Tobys Richtung. Nicht alle erreichten ihr Ziel, sondern trafen auch einige der anderen Schüler, die in den Tischreihen dazwischen saßen.

»Öäääh!«, kreischte Selina. »Jetzt lassen Sie die schon in Ruhe, sonst hören sie nie auf.«

»Moment mal.« Herr Bongartz schüttelte ungläubig den Kopf. »Das kann wohl kaum dein Ernst sein.«

»Doch, ist es«, bestätigte Niko augenzwinkernd. »Selina ist nämlich auch ein schlaues Mädchen.«

Der Klassenlehrer fuhr sich durch die Haare. Dann wandte er sich ab und ging langsam zurück nach vorn zu seinem Tisch. Für ein paar Atemzüge, während denen es im Klassenraum so still war, dass man eine Feder hätte zu Boden fallen hören können, wirkte er irritiert.

»Nun gut«, sagte er schließlich. »Dann werdet ihr euch eben nicht am Schulfest beteiligen.«

»Das war ziemlich schwach«, befand Lucie am Ende der Deutschdoppelstunde.

Sie verstaute alles, was sie für den anschließenden Matheunterricht nicht brauchte, in ihrem Rucksack und kramte die Brotdose hervor.

»Hmm.« Toby nickte. »So war es schon immer. Egal in welchem Fach und bei welchem Lehrer. Niko, Can und Finn sabotieren alles, was nichts mit Unterricht zu tun hat. Sogar bei der Projektwoche im letzten Schuljahr haben sie dafür gesorgt, dass unsere Klasse nicht mitmacht. Als Einzige, versteht sich.«

»Kapier ich nicht«, erwiderte Lucie. »Wieso tun sie das?«

»Frag sie halt«, meinte Toby beinahe gleichgültig. »Vielleicht kriegst du ja eine Antwort.«

»Hast *du* das jemals getan?«, bohrte Lucie nach. »Oder Miriam?«

Toby senkte den Blick.

»Ich nicht«, gab er zu. »Miriam schon. Glaube ich wenigstens.«

Auf Lucies Gesicht breitete sich Fassungslosigkeit aus.

»Du weißt das nicht?«

»Nein.« Toby schüttelte den Kopf. »Ich war ja bloß ihr Stellvertreter.«

Lucie öffnete die Brotdose und betrachtete skeptisch deren Inhalt. Weder die etwas aufdringlich riechende Käsestulle noch die angematschte Banane fand sie sonderlich appetitlich.

»Ja, und?«, brummte sie.

»Miriam hat nicht viel geredet, und …«, setzte Toby zu einer Erklärung an, doch Lucie hatte keine Lust auf irgendwelche fadenscheinigen Ausflüchte.

»Soll ich dir mal was sagen?«, unterbrach sie ihren Klassenkameraden. »Niemand bei uns redet besonders viel. Weder im Unterricht noch sonst.«

Komisch eigentlich, dass ihr das erst jetzt so richtig klar wurde!

Es gab eine Mädchengruppe, der außer der sommersprossigen Sabrina noch Mareike, Vico und Cindy angehörten, und ein paar Jungs, die sich in der Pause mit Schülern aus anderen Klassen auf der Fußballwiese tummelten.

Bis auf Nikos, Cans und Finns gelegentliche Ausfälle verliefen die Unterrichtsstunden in der Regel ruhig, was aber nicht bedeutete, dass jeder Schüler auch jederzeit geistig anwesend war.

»Irgendwie wird alles von den drei Jungs bestimmt«, murmelte sie und sah Toby forschend an. »Hab ich recht oder lieg ich damit falsch?«

»Na ja …«, druckste er. »Irgendwie schon.«

»Was denn jetzt?«, fragte Lucie ungeduldig. »Ja oder nein?«

Toby zog die Mundwinkel ein.

»Weiß nicht. Wenn es anders wäre, könnte man ja was machen. Aber so sind sogar die Lehrer hilflos«, fuhr er plötzlich aufgebracht fort. »Das hast du doch selber gemerkt. Der Bongartz war heilfroh, als Ruhe im Pott herrschte. Die Lehrer haben alle keinen Bock auf so was. Und deswegen legen sie sich gar nicht erst mit den dreien an.«

»Das ist aber ziemlich feige«, erwiderte Lucie.

»Sie wollen halt den Stoff durchkriegen«, nahm Toby die Lehrer in Schutz. »Ist ja nicht gerade wenig, was inzwischen verlangt wird. G8 lässt grüßen und so.« Er seufzte leise. »Um die wirklichen Probleme zu lösen, bleibt dann eben einfach keine Zeit.«

In Lucies blauen Augen blitzte Zorn auf.

»Und deswegen tut man am besten so, als ob es sie nicht gäbe, was?«

Toby antwortete mit einem Achselzucken.

»Miriam war anders, stimmt's?«, sagte Lucie.

»Hmhm.« Toby nickte und senkte abermals den Blick. Er wirkte offensichtlich betreten. »Miriam hat zwar nicht viel geredet, aber ich glaube, sie wollte etwas ändern. Von Niko, Can und Finn hat sie sich jedenfalls nichts sagen lassen.«

Connydora

»Also, ich finde die Idee gar nicht schlecht«, sagte Alina, als Lea und sie auf die Pausenhalle zusteuerten. »Du hast doch früher immer diesen süßen kleinen Mischlingshund von eurer Nachbarin ausgeführt.«

»Ja, das stimmt«, bestätigte Lea. »Aber dafür habe ich kein Geld bekommen. Ich habe es getan, weil es mir Spaß gemacht hat … und weil meine Eltern uns keinen eigenen Hund erlauben.«

»Was ist eigentlich aus ihm geworden?«, wollte Alina wissen.

»Aus dem kleinen süßen Mischlingshund?«

»Mhm.«

»Unsere Nachbarin ist weggezogen«, erwiderte Lea seufzend. »Das war ganz schön hart. Ich war ja fast jeden Tag mit Tinky unterwegs.«

»Hm.« Alina nickte. »Ich erinnere mich. Du bist damals total traurig gewesen. Aber wenn du das jobmäßig machen würdest …«, überlegte sie weiter, während sie vergeblich versuchte, sich eine ihrer störrischen roten Kräuselsträhnen hinters Ohr zu legen.

»Wären mir die Hunde auch nicht egal«, fiel Lea ihr sogleich ins Wort.

»Nee. Natürlich nicht. Aber du hättest dann ja mehrere«, meinte Alina. »Wenn dann mal einer wegzieht oder stirbt …«

»Hör bloß auf! Über so was will ich gar nicht nachdenken.«

»Jedenfalls wäre es dann bestimmt nicht ganz so schlimm«, fuhr Alina unbeirrt fort. »Weil du dann ja noch die anderen Hunde hättest.«

»Na jaaa, also sooo viele könnte ich nun auch wieder nicht ausführen«, wandte Lea direkt ein. »Damals, als ich mit Tinky spazieren gegangen bin, war ich noch in der Grundschule. Da hatte ich weniger Hausaufgaben und viel mehr Freizeit.«

»Das liegt ja nicht nur an den Hausaufgaben«, bemerkte Alina spitz.

Lea sah ihre Freundin überrascht an. Einen solchen Tonfall war sie von ihr gar nicht gewohnt.

»Ach ja?«, fragte sie verwundert. »Woran denn noch?«

»An Rollkunstlauf«, erwiderte Alina. »Das hast du vor zwei Jahren nämlich auch noch nicht gemacht.«

»Das stimmt«, bestätigte Lea. »Aber das ist nur ein Mal in der Woche.«

»Mhm.« Alina pustete sich eine störrische rote Ponylocke aus der Stirn und nickte. »Normalerweise. Wenn keine Wettkämpfe anstehen. Oder Aufführungen …«

»Die letzte habe ich abgesagt«, stellte Lea klar, »und deswegen einen Riesenstress mit Vanessa bekommen. Sie kapiert einfach nicht, dass dieses Sich-zur-Schau-Stellen überhaupt nichts für mich ist.«

Alina stöhnte leise.

»Eben! Und darum kapier ich auch nicht, wieso du das

überhaupt machst. Rollkunstlaufen ist wie Eislaufen. Da stellt man sich ganz automatisch zur Schau.«

»Ich weiß«, gab Lea eine Spur patziger zurück, als sie eigentlich wollte. »Aber es macht mir nun mal trotzdem Spaß.«

»Mensch, ich finde ja auch, dass Skaten oder Rollschuhlaufen ein tolles Hobby ist«, lenkte Alina sofort ein. »Aber deshalb muss man doch nicht gleich in eine feste Gruppe gehen. Wie wär's, wenn wir am Wochenende mal die neue Skateranlage erkunden?«, schlug sie vor. »Da kannst du fahren, wie du willst, und musst nicht diese blöden Übungen machen, die deine Trainerin euch vorschreibt.«

»Tja, meine Rollschuhe sind aber leider nicht für draußen geeignet«, erwiderte Lea.

»Dann nimm doch einfach deine alten Inliner«, schlug Alina vor.

»Okay.« Lea nickte. Die Idee war gar nicht mal so schlecht! »Dieses Wochenende geht es aber leider nicht«, setzte sie zögernd hinzu. »Da bin ich schon mit Vanessa verabredet.«

»Schon wieder?« Alina zog einen Flunsch. »Etwa Samstag und Sonntag? Mit Übernachtung und allem Pipapo?«

»Mhm.«

Lea nickte abermals. Hoffentlich fiel Alina jetzt nicht ein, dass sie sich doch auch zu dritt auf der Skateranlage treffen könnten! Sie und Vanessa verstanden sich nämlich nicht besonders gut, und Lea hatte keine große Lust, zwischen den beiden zu stehen.

Doch zum Glück lächelte Alina jetzt.

»Na ja, macht ja nix«, meinte sie. »Dann verbringen wir eben das Wochenende darauf zusammen.«

»Abgemacht«, sagte Lea erleichtert und hielt ihrer Freundin die Hand zum Einschlagen hin.

An diesem Tag hatte die 7a eine Stunde länger Unterricht als die 7b. Umso mehr wunderte es Lucie, dass ihre Schwester sich plötzlich zwischen den Fahrrädern erhob, als sie den Unterstand betrat.

»Mann, hast du mich erschreckt!«, fuhr sie Lea an. »Ich dachte schon, du bist ein Geist!«

»Klar«, sagte Lea. »Wo du doch so sehr an übersinnliche Sachen glaubst!«

Lucie zog eine Grimasse.

»Bist du etwa immer noch sauer?«

»Nee, aber du hast den Schlüssel«, erwiderte Lea und deutete auf die Vorderreifen ihrer beiden Räder, durch die ihre Zwillingsschwester am Morgen das Kettenschloss gefädelt hatte.

»Ts!« Lucie tippte sich an die Stirn. »Du hast doch auch einen!«

Lea blähte die Backen.

»Den habe ich wohl zu Hause liegen gelassen.«

»Erzähl mir mal lieber etwas, das ich glauben kann«, brummte Lucie. Sie ließ ihren Rucksack zu Boden plumpsen, kramte ihren Schlüsselbund hervor und öffnete das Kettenschloss. »Du bist doch viel zu gewissenhaft, als dass es dir passieren wür…«

»Ja, du hast recht«, unterbrach Lea sie, »ich habe meinen

Schlüssel tatsächlich dabei.« Sie holte einmal tief Luft, bevor sie gestand: »Die Wahrheit ist: Ich habe auf dich gewartet.«

»Welch eine Ehre!«, spöttelte Lucie.

»Meine Güte! Jetzt rede doch bitte mal normal mit mir!« Lea hob Lucies Rucksack auf und hängte ihr einen seiner Träger über die Schulter. »Ich will nicht dauernd mit dir streiten.«

»Okay.« Lucie musterte ihre Schwester neugierig. »Dann möchtest du mir also etwas erzählen? Oder mir sogar ein Geheimnis anvertrauen?«, fragte sie hoffnungsvoll, während sie ihren anderen Arm durch den zweiten Träger schob.

»Nein, aber ich brauche so etwas wie deinen Rat«, erwiderte Lea mit dünner Stimme.

Lucie hob eine Augenbraue.

»Oh! Das muss ich mir im Kalender anstreichen«, meinte sie. »Normalerweise bin ich es doch, die von dir mit klugen Ratschlägen überschüttet wird.«

»Mann!« Lea verdrehte die Augen. Sie bereute es bereits, dass sie überhaupt mit dem Gedanken gespielt hatte, ihre Schwester wegen Rabatze und seiner musikalischen Kenntnisse anzusprechen. »Mach nur weiter so, und ich frage dich nie wieder. Aber wo wir schon mal dabei sind: Ich habe dich schließlich auch nicht darum gebeten, irgendwelche Vorschläge in meine Kladde zu schreiben.«

»Aber er ist doch gut«, beharrte Lucie. »Mit dem Hundesitting könntest du jedenfalls sofort anfangen. Und das macht garantiert mehr Spaß, als irgendwelche dusseligen Prospekte auszutragen.«

»Ja, ja, ja«, gab Lea leicht genervt zurück, davon ließ ihre Schwester sich jedoch nicht beeindrucken.

»Also ja«, schlussfolgerte sie grinsend.

»Ja … vielleicht«, entgegnete Lea. »Ich denk noch drüber nach.«

»Gut«, meinte Lucie. »Ich muss dir übrigens auch was erzählen.«

Und noch ehe ihre Schwester zu Wort kommen konnte, plapperte sie munter drauflos und berichtete bis ins kleinste Detail von den Vorkommnissen in ihrer Klasse.

Lea hörte ihr aufmerksam zu und kaute dabei nachdenklich auf ihrer Unterlippe herum.

»Denkst du echt, dass Niko, Finn und Can so etwas wie die heimlichen Bosse bei euch sind?«

»Ehrlich gesagt habe ich keine Ahnung, was ich glauben soll«, gab Lucie zurück.

»Also, ich kann mir nicht vorstellen, dass die Mädchen sich wirklich von denen beeindrucken lassen«, meinte Lea. »Die Jungs möglicherweise ja schon, aber …« Sie brach ab. »Und überhaupt: Was hat das alles mit Miriam zu tun? Oder mit eurem komischen Erdkundelehrer, diesem Herrn Senfig?«

Lucie hob die Schultern bis zu den Ohren hoch und ließ sie wieder fallen.

»Tja, wenn ich das wüsste!«

»Darf ich eventuell einen Vorschlag machen?«, fragte Lea. »Oder krieg ich dann gleich wieder zu hören, dass ich oberschlau bin?«

»Nein, Mensch.« Lucie verpasste ihrer Schwester einen freundschaftlichen Rippenstoß. »Natürlich nicht!«

»Okay«, sagte Lea. »Hast du Miriams Handynummer gespeichert?«

Lucie schüttelte den Kopf.

»Ähm, nein. Wieso?«

»Vielleicht solltest du mal mit ihr sprechen.«

»Ich glaube nicht, dass sie das will«, wandte Lucie ein. »Beim letzten Mal hat sie doch auch sofort aufgelegt, als ihr klar wurde, dass nicht Papa dran gewesen ist, sondern jemand anderes.«

»Ach, bestimmt hat sie bloß einen Schrecken bekommen«, meinte Lea.

Lucie runzelte die Stirn.

»Und aus reinem Reflex die Verbindung gekappt?«

Lea nickte. »Wieso nicht?«

»Ganz einfach«, sagte Lucie aus tiefster Überzeugung. »Einen Schrecken bekommt man nur, wenn es sich um eine wirklich ernste Sache handelt. Und dann drückt man nicht versehentlich auf die Verbindungstaste, sondern mit voller Absicht.«

»Aber umso wichtiger ist es doch, dass du wenigstens versuchst, noch mal mit ihr zu reden«, erwiderte Lea eindringlich. »Papa können wir ja leider nicht fragen.«

»Doch, das können wir«, gab Lucie mit einem Augenzwinkern zurück. »Und wie wir das können!«

Ehe Lea sichs versah, hatte Lucie ihr Fahrrad aus dem Ständer gehoben und den Unterstand verlassen.

Mit Vollgas brauste sie über das Schulgelände und bog auf den Bürgersteig ab.

»Jetzt ras doch nicht so!«, brüllte Lea, während sie sich auf den Sattel schwang und zusah, dass sie ihrer Schwester hinterherkam.

Aber Lucie ließ sich nicht beirren und legte sogar noch an Geschwindigkeit zu. – Typisch! Sobald ihr Gehirn eine Idee ausgespuckt hatte, musste diese schnellstmöglich in die Tat umgesetzt werden. Bloß gut, dass die Schwester ihr Fahrrad nicht mit Gedankenkraft antrieb. Dann nämlich hätte Lea vermutlich überhaupt nicht mehr mithalten können!

Knapp zwanzig Minuten später erreichten die Zwillinge keuchend und schnaufend ihr Zuhause.

»Papa ist ja noch gar nicht da!«, japste Lea und wies die Straße hinunter. »Oder siehst du hier irgendwo unser Auto?«

»Vielleicht hat er es direkt in der Tiefgarage abgestellt«, spekulierte Lucie.

»Wieso sollte er?«, widersprach Lea. »Hier sind doch genügend Parkplätze frei.«

Missmutig ließ Lucie ihren Blick über die Lücken zwischen den Autos auf dem Seitenstreifen gleiten. Logisch war Gerald von Leipnitz noch in der Schule. Die wenigen Tage im Monat, an denen er gleichzeitig mit seinen Töchtern heimkehrte, konnte man an einer Hand abzählen.

»Außerdem habe ich ebenfalls ein Problem«, drang die Stimme ihrer Schwester zu ihr durch. »Vielleicht erinnerst du dich …?«

»Na logisch«, sagte Lucie. Sie bockte ihr Fahrrad auf und visierte die gegenüberliegende Straßenseite an. »Und da ist ja auch schon die Lösung in Sicht.«

»Ähm, wieso?«, fragte Lea erschrocken.

Lucie marschierte schnurstracks auf eine ältere Dame zu, die mit schlurfenden Schritten den Bürgersteig entlangging. In der einen Hand führte sie einen niedlichen kleinen weißen Yorkshireterrier an der Leine und mit der anderen zog sie einen Einkaufsroller hinter sich her.

»Hallo!«, rief Lucie. »Entschuldigen Sie bitte!«

Die Frau, die ein elegantes dunkelblaues Kostüm und einen schicken türkisfarbenen Hut trug, blieb stehen und drehte sich langsam zu ihr um.

»Ja, bitte«, sagte sie und musterte Lucie aufmerksam aus ernsten, aber nicht unfreundlich dreinblickenden haselnussbraunen Augen. »Kennen wir uns?«

»Nein, ich glaube nicht«, erwiderte Lucie lächelnd, beugte sich hinunter und streckte dem Terrier ihre Hand hin, die er sofort neugierig beschnüffelte. »Ich zumindest habe Sie und Ihren süßen kleinen Hund hier noch nie gesehen. Dabei wohnen wir schon seit über sieben Jahren in dieser Straße.«

»Na, das ist ja nett«, meinte die Frau ein wenig abwesend. »Nun muss ich aber wirklich weiter …«

»Wenn Sie mögen, begleite ich Sie ein Stück«, bot Lucie eifrig an, während sie sich zu Lea umwandte und sie zu sich herüberwinkte.

Der Terrier hatte inzwischen damit begonnen, hingebungsvoll Lucies Finger abzulecken, und wedelte dabei aufgeregt mit seinem Schwänzchen.

»Na ja … wenn du magst, könntest du vielleicht meinen Wagen ziehen«, sagte die Frau. »In letzter Zeit wollen meine Beine nicht mehr so recht, und die Einkäufe werden immer beschwerlicher.«

»Aber klar«, erklärte Lucie strahlend. Sie richtete sich auf und umfasste den Griff des Trolleys. »Das mache ich doch gerne. Und meine Schwester würde sogar ihren kleinen Yorki ausführen. Sie macht so etwas nämlich quasi beruflich.«

»Ach tatsächlich?« Die Frau überließ Lucie ihren Wagen und wischte sich über die Augen. »Das wäre wirklich ganz wunderbar. Zumindest hin und wieder. Was kostet denn so etwas?«

»Zehn Euro die Stunde«, platzte Lucie forsch heraus. »Aber wie ich meine Schwester kenne, wären fünf bestimmt auch in Ordnung.«

»Nein, nein, nein!« Die Frau wedelte empört mit der Hand. »Zehn Euro sind absolut in Ordnung für eine so verantwortungsvolle Aufgabe. Ich nehme an, deine Schwester ist ein paar Jahre älter als du und finanziert sich auf diese Weise ihr Studium. Hab ich recht?«

»Ähm, ja … also …«, erwiderte Lucie.

Noch einmal sah sie zu Lea hinüber, die nach wie vor neben den beiden Fahrrädern vor dem Hauseingang stand und – zum Glück! – noch immer keine Anstalten machte, die Straße zu überqueren.

Bleib bloß da!, formte Lucie lautlos mit den Lippen und wedelte unauffällig mit ihrer freien Hand herum, in der Hoffnung, dass ihre Schwester diese etwas konfusen Andeutungen verstand.

»Die Kleine heißt übrigens nicht Yorki, sondern Connydora«, erklärte die Frau. »Und mein Name ist Henriette von Würz. Ich wohne gleich da vorne im Nachtigallenweg.«

»Oh, Connydora!«, stieß Lucie mit gespieltem Entzücken

hervor. »Das ist aber ein hübscher Name! Natürlich war mir klar, dass Ihr Hund nicht Yorki heißt. Ich habe ihn doch nur so genannt, weil er ein Yorkshireterrier ist.«

»Ts, ts, ts!« Frau von Würz schüttelte den Kopf. »Ich hoffe ja sehr, dass deine Schwester etwas mehr von Hunden versteht«, sagte sie ein wenig pikiert. »Connydora ist doch kein Yorkshireterrier, sondern ein Malteser!«

»Oh! Natürlich!«, rief Lucie und schlug sich mit der Hand gegen die Stirn. »Wie konnte ich nur so dumm sein! Aber Connydora ist wirklich ein sehr schöner und total außergewöhnlicher Name«, betonte sie noch einmal überschwänglich, damit Frau von Würz es sich bloß nicht noch einmal anders überlegte, weil sie dachte, dass Lea womöglich genauso unwissend wie ihr kleine – haha! – Schwester war.

»Meine Schwestern hießen Cornelia und Dorothee«, erwiderte Henriette von Würz. »Bedauerlicherweise leben sie beide nicht mehr.«

»Oje, das tut mir leid«, sagte Lucie bestürzt. »Sie sind doch wohl nicht beide gleichzeitig gestorben!«

»Na, was denkst du denn?«, gab Henriette von Würz einmal mehr kopfschüttelnd zurück. »Cornelia verstarb bereits neunzehnhundertunddreißig. Da war sie gerade einmal vier Jahre alt.«

Lucie schluckte. Diese alte Dame schien ja geradezu von Fettnäpfchen umzingelt zu sein! Kunststück, wenn man nicht mitten in jedes einzelne hineinlatschte!

»Was hatte sie denn?«, erkundigte sie sich zaghaft.

Eigentlich hätte Lucie das lieber nicht gefragt, doch möglicherweise wäre es unhöflich gewesen, es nicht zu tun.

»Vermutlich eine Lungenentzündung«, antwortete Henriette von Würz. »So genau weiß ich das nicht. Ich war damals noch gar nicht geboren, und meine Eltern haben wenig erzählt. Ich nehme an, sie wollten Dorothee und mich nicht belasten … und in späteren Jahren dann wohl nicht mehr an diesen Verlust und den damit verbundenen Schmerz erinnert werden«, fuhr sie mit einem tiefen Seufzer fort und schaute auf den niedlichen schneeweißen Malteser hinunter, der artig neben ihr hertrippelte. »Ich mag mir gar nicht vorstellen, wie es sein wird, wenn meine kleine Connydora einmal nicht mehr ist.«

OMG!

»Ist sie denn schon alt?«, entfuhr es Lucie.

»Nein, nein. Connydora lebt erst seit fünf Jahren bei mir«, wiegelte Henriette von Würz ab. »Malteser haben eine Lebenserwartung von bis zu fünfzehn Jahren.«

»Oh«, entgegnete Lucie. »Aber dann …«

Sie biss sich auf die Lippe und schluckte den Rest des Satzes hinunter.

»Ich weiß schon, was du sagen willst, mein Kind«, meinte Henriette von Würz und schenkte Lucie ein mildes Lächeln. »Aller Wahrscheinlichkeit nach wird Connydora mich überleben. In deinen Ohren mag sich das herzlos anhören, aber genau so ist es geplant. Natürlich habe ich vorgesorgt, damit die Kleine nach meinem Tod nicht ohne Angehörige dasteht. Mein Sohn und seine Familie werden ihr ein neues Zuhause geben. Ich bin sicher, dass mein kleiner Engel nicht allzu lange um mich trauern wird.«

Puh! Lucie musste tief durchatmen. So genau hatte sie das gar nicht wissen wollen!

Sie war bereits kurz davor, den Rückzug anzutreten, aber dann entschied sie, dass es besser wäre, wenn sie Lea die Entscheidung überließ. Schließlich sollte die den Hundesitter-Job übernehmen.

Mittlerweile hatten sie den Nachtigallenweg erreicht, der rechts und links von schicken Einfamilienhäusern mit großzügigen Vorgärten gesäumt war.

Henriette von Würz deutete auf das dritte Haus auf der gegenüberliegenden Seite. Es besaß drei Stockwerke, war in einem hellen Grün getüncht, hatte eine weiße Tür, weiße Sprossenfenster und dunkelgrüne Fensterläden. Im Vorgarten, der von einem schmiedeeisernen Zaun umgeben war, blühten prächtige Rosen in verschiedenen Orangetönen.

»Siehst du«, sagte sie. »Dort wohne ich mit meinem kleinen Engel. Nachtigallenweg Nummer fünf.«

Lucie staunte nicht schlecht.

»Gehört das etwa Ihnen?«, sprudelte sie hervor.

»Aber selbstverständlich, mein Kind«, gab die alte Dame zurück. »Was hast du denn gedacht?«

»Ähm … nichts. Es ist nur ziemlich groß, oder?«

Henriette von Würz nickte. »Ja allerdings, das ist es.«

»Und Sie wohnen ganz alleine dort?«

»Natürlich nicht!«, erwiderte die alte Dame und schüttelte nun zum dritten Mal verständnislos den Kopf. »Connydora hat sogar ein eigenes Zimmer.«

»A-a-a-ach so«, sagte Lucie.

Wow!, dachte sie. Lea musste hier einfach zusagen. Allein schon wegen des Hundezimmers. Das hätte sich nämlich auch Lucie zu gerne einmal angeschaut!

Kein Zweifel: Connydoras Frauchen war ganz sicher ein bisschen durchgeknallt. Vor allem aber war sie vornehm – und wohlhabend. Wenn Lea es geschickt anstellte, handelte sie vielleicht sogar mehr als zehn Euro die Stunde heraus. Und für Lucie selbst würden dann möglicherweise ebenfalls ein paar Euros abfallen. Sozusagen als Vermittlungsprovision.

Jetzt musste sie nur noch

1. Ihrer Schwester klarmachen, dass es sich hierbei um einen absoluten Traumjob handelte, und
2. Henriette von Würz davon überzeugen, dass Lea genau die richtige für ihren kleinen Engel war, auch wenn diese altersmäßig nicht ganz den Vorstellungen der alten Dame entsprach.

Kochkünste und Zukunftspläne

»Du hörst mir nie bis zum Ende zu«, warf Lea ihrer Schwester vor. »Abgesehen davon habe ich endgültig die Nase voll davon, dass du dich ständig in meine Angelegenheiten einmischst.«

»Tu ich doch gar nicht«, erwiderte Lucie. Sie riss sich die türkisfarbenen Converse von den Füßen und pfefferte sie in Richtung Garderobe. »Ich habe dir bloß einen Gefallen getan.«

»Und was, wenn ich das gar nicht will?«, gab Lea zurück, nachdem sie die Wohnungstür geschlossen hatte.

»Tja, zu spät«, meinte Lucie schulterzuckend. »Einen bereits fertig getanen Gefallen kann man wohl kaum wieder rückgängig machen. Oder verlangst du jetzt etwa von mir, dass ich Frau von Würz hypnotisiere und ihr einrede, dass sie sich unser nettes kleines Gespräch nur eingebildet hat?«

»Quark mit Quatschpaste«, sagte Lea.

Sie entledigte sich ebenfalls ihrer Chucks und stellte sie fein säuberlich nebeneinander ab. Nach kurzem Zögern ergriff sie auch die ihrer Schwester und platzierte sie ordentlich daneben.

»Siehst du«, tönte Lucie. »Du machst es doch auch!«

»Was?«, fragte Lea.

»Na, dich in meine Angelegenheiten einmischen.«

»Ich will einfach nicht, dass Mama sich schon wieder aufregt, okay?«

»Wieso sollte sie?«, entgegnete Lucie. »Ich stelle meine Schuhe immer so ab. Außerdem hat das überhaupt nichts mit Punkt-um zu tun.«

»Doch, hat es!«, beharrte Lea und stapfte auf die Küche zu.

Lucie heftete sich sofort an ihre Fersen. »Ich bin ja nicht blöd«, brummte sie. »Aber das kapiere ich nun echt nicht.«

»Dann frag am besten Mama«, empfahl Lea ihr. »Die kann es dir bestimmt erklären.« Sie trat über die Türschwelle und stutzte. »Wo ist sie überhaupt?«

»Wieso?«

Lucie schob ihre Schwester zur Seite und steuerte den Herd an. Darauf standen zwei Töpfe und das Abtropfsieb.

»Wahrscheinlich noch im Laden«, murmelte Lea.

Sie hatte einen Zettel auf dem Küchentisch entdeckt, beugte sich darüber und fing an zu lesen:

Meine Süßen,
könnt ihr eigentlich Spaghetti kochen?
Die Soße ist schon fertig.
Ich komme heute ein wenig später.
Mama
PS: Ach, und räumt doch bitte hinterher alles in die Spülmaschine. Es wäre toll, wenn ich die Küche genauso vorfinde, wie ich sie heute Morgen verlassen habe.

»Was ist denn los?«, fragte Lucie, die inzwischen ebenfalls an den Küchentisch getreten war und nun nach dem Zettel schnappte.

»Wir müssen heute selber kochen«, sagte Lea.

Sie wandte sich der Anrichte zu, füllte den Wasserkocher und schaltete ihn ein.

»Keine Lust«, sagte Lucie. »Ich mach mir einen Nutella-Toast. Das geht schneller.«

»Davon wird man aber nicht satt«, hielt Lea dagegen. »Wir können uns die Arbeit ja auch aufteilen«, schlug sie vor. »Ich bereite das Essen zu, und du bringst später die Küche in Ordnung.«

Nö, lag es Lucie auf der Zunge, doch dann warf sie einen Blick in den Soßentopf und überlegte es sich anders. Spaghetti mit Tomaten-Auberginen-Sugo stach Nutella-Toasts um Längen aus.

»Na gut«, lenkte sie ein. »Aber dann lass mich lieber den Tisch decken und die Soße aufwärmen. Dafür kochst du die Nudeln und spülst hinterher ab. Wenn ich das mache, ist Mama bestimmt nicht zufrieden.«

Lea zwinkerte ihrer Schwester zu.

»Du hast also doch Angst, dass sie sich aufregen könnte?«

Lucie antwortete mit einem Achselzucken.

»Erkennst du jetzt vielleicht den Zusammenhang zwischen Küche aufräumen, Schuhe unter die Garderobe stellen und Punkt-um Wörter beibringen?«, fragte Lea.

Lucie zog eine Grimasse.

»Ja, tu ich«, stöhnte sie. »Und du bist eine verdammte Klugscheißerin.«

»Ich weiß«, sagte Lea und zwinkerte abermals.

Sie nahm den Wasserkocher von der Station, füllte den Nudeltopf und stellte die Herdplatte auf volle Pulle.

»Und außerdem bist du sowieso Mamas und Papas Liebling«, murmelte Lucie.

Lea fuhr zu ihr herum.

»Fängst du schon wieder damit an?«

»Ist doch wahr«, krächzte Lucie. »Ich bin schlampig, motzig und ständig pleite. Noch dazu gebrauche ich schlimme Wörter«, setzte sie hinzu, wobei sie »schlimme« mit Zeige- und Mittelfingern in angedeutete Anführungszeichen setzte.

»Stimmt«, sagte Lea. »Aber deswegen haben sie dich doch nicht weniger gern als mich.«

»Sollen wir wetten?«, brummte Lucie, worauf sie von ihrer Schwester ein energisches Kopfschütteln erntete.

»Nein!« Lea riss die Spaghetti-Packung auf und ließ die Nudeln ins sprudelnde Wasser gleiten. Sie fischte eine Gabel aus der Schublade und rührte wütend im Topf herum. »Es ist gemein und ungerecht, so etwas zu denken.«

»Aber wahr.«

»Lucie, verdammt noch mal!« Lea wirbelte herum und funkelte ihre Schwester zornig an. »Was ist eigentlich los mit dir? Das kann doch unmöglich dein Ernst sein!«

»Und wie es das ist!«, presste Lucie unglücklich hervor.

Sie schluckte und schluckte, konnte dummerweise aber nicht verhindern, dass ihr Hals immer enger wurde. Und dann schossen ihr zu allem Überfluss auch noch die Tränen in die Augen.

»Mensch, Lucie, jetzt heul doch nicht gleich!«, rief Lea bestürzt.

»Tu ich doch gar nicht«, behauptete Lucie. Hastig wischte sie sich über die Augen und wies dann auf den geschlossenen

Soßentopf. »Bestimmt hat Mama kiloweise Zwiebeln in den Sugo getan.«

»Ja, klar …«, sagte Lea. Sie legte die Gabel auf die Arbeitsplatte, trat auf Lucie zu und schlang ihr die Arme um den Hals. »Du bist eine Nervensäge«, wisperte sie in deren dunkle Locken. »Aber du bist der tollste Schwesterkeks auf der ganzen Welt.«

»Kunststück!«, jaulte Lucie. »Du hast ja nur mich.«

»Und ich will auch überhaupt keine andere!«, gab Lea voller inbrünstiger Entschiedenheit zurück. »Immerhin hast du mir einen ultracoolen Hundesitter-Job besorgt«, versuchte sie zu scherzen.

»Ja, ja. Mach dich nur lustig«, grummelte Lucie. »Das kann ich gerade richtig gut gebrauchen.«

»Ach, du bist blöd«, sagte Lea. »Aber ich hab dich trotzdem lieb. Außerdem wollte ich dich was fragen. Mein eigentliches Problem ist nämlich noch gar nicht gelöst.«

»Hm«, machte Lucie nur und löste sich aus der Umarmung ihrer Schwester. »Meinst du das mit den Spaghettis?«

»Ähm, nee … Wieso?«

»Weil die gerade überkochen und eine ziemliche Sauerei auf dem Ceranfeld anrichten«, sagte Lucie trocken.

»Ach, du Sch…!« Lea hechtete zum Herd und zog den Topf vorsichtig von der rot glühenden Platte. »Die Nudeln pappen total aneinander!«, schimpfte sie, schnappte sich die Gabel und fuhrwerkte damit im Topf herum.

Lucie trat neben sie und schaltete den Herd aus. Das übergelaufene Wasser verkochte zischend und hinterließ einen hellen Kranz auf dem heißen Ceranfeld.

Unschlüssig sah sie ihre Schwester an. »Und wie geht es jetzt weiter?«, fragte sie. »Soll ich die Soße schon warm machen, oder müssen wir vorher den Herd putzen?«

»Keine Ahnung«, jammerte Lea. »Erst mal brauche ich noch eine zweite Gabel, damit ich die Spaghettis auseinanderkriege. Das dauert bestimmt noch zehn Minuten.«

»Okay«, meinte Lucie. »Dann decke ich jetzt den Tisch. Und während du die Nudeln bearbeitest, kannst du mir ja schon mal von deinem eigentlichen Problem erzählen.«

Sie öffnete die Schublade, nahm Besteck heraus und drückte Lea die gewünschte Gabel in die Hand. Anschließend angelte sie zwei Teller und zwei Gläser aus dem Geschirrschrank und verteilte alles auf dem Küchentisch.

»Rabatze spielt doch in der Schulband, oder?«, fragte Lea vorsichtig.

»Ja.« Lucie sah ihre Schwester überrascht an. »Warum willst du das wissen?«

»Na ja«, druckste Lea. »Ich dachte, er könnte mir vielleicht einen Tipp geben, wo man eine gute gebrauchte Gitarre herbekommt.«

»Wieso denn das?«, erwiderte Lucie ein wenig ungehalten. »Du kannst dir doch genauso gut auch eine neue kaufen. Oder dir eine zum Geburtstag wünschen … falls es mit dem Geldverdienen nicht klappt.«

»Trotzdem könnte Rabatze mir doch sagen, welche Gitarren für Anfängerinnen gut geeignet sind«, wandte Lea ein.

»Weißt du was?«, gab Lucie zurück. »Die beste Beratung bekommst du garantiert nicht von Rabatze, sondern in einem Musik-Fachgeschäft.«

Alles klar!, dachte Lea. Ganz offensichtlich wollte Lucie nicht, dass sie mit Rabatze – über was auch immer! – sprach. Und damit war für Lea dieses Thema ein für alle Mal vom Tisch.

Inzwischen hatte sie die Nudeln vollständig auseinandergefummelt, und das übergelaufene Wasser war ebenfalls komplett verdampft. Lea griff nach dem Glasschaber und entfernte damit den weißen Wasserrand. Danach tropfte sie einen Klecks Spezialreiniger auf das Ceranfeld und polierte alles spiegelblank.

»Perfekt!«, sagte Lucie anerkennend. »Sogar damit könntest du dein Taschengeld aufbessern.«

»Nee, nee, dann führe ich doch lieber Hunde aus«, meinte Lea.

Sie zog den Nudeltopf auf die große Platte zurück und schaltete den Herd wieder ein. »So, jetzt kannst du dich um die Soße kümmern.«

»Aye, aye!«

Lucie schnappte sich ebenfalls einen Kochlöffel, stellte eine mittlere Temperatur ein und erkundigte sich bei ihrer Schwester, ob das so gut sei.

Lea nickte.

»Trotzdem musst du aufpassen, dass es nicht anbrennt.« Sie deutete zum Tisch hinüber. »Du hast übrigens die Platzsets vergessen.«

»Ist doch egal«, erwiderte Lucie leichthin. »Ich weiß sowieso nicht, wozu man diese Dinger braucht.«

»Sie sehen hübsch aus«, erklärte Lea. »Und sie schützen die Tischplatte.«

»Wie jetzt?« Lucie warf ihr einen ungläubigen Blick zu. »Vor dem Essen?«

Lea nickte noch einmal. »Genau.«

»Boah, ey. Spaghetti sind ja auch wahnsinnig gefährlich«, feixte Lucie. »Und O-Saft erst! Vor dem muss die Tischplatte aber echt so was von geschützt werden! … Du trinkst doch O-Saft, oder?«, vergewisserte sie sich, während sie auf den Kühlschrank zusteuerte.

»Ja, tu ich«, antwortete Lea und kicherte leise in sich hinein.

Zehn Minuten später saßen die Schwestern am Küchentisch und futterten Spaghetti al nicht besonders dente mit lauwarmem Gemüsesugo und frisch geriebenen Parmesanschnitzen.

»Schmeckt doch super«, meinte Lucie mit einem zufriedenen Grunzen. »Obwohl es nicht perfekt ist.«

»Beim nächsten Mal klappt es bestimmt«, erwiderte Lea zuversichtlich und kniff ihre Schwester freundschaftlich in den Arm. »Schließlich sind wir ein ziemlich gutes Team.«

Überraschungsbesuch mit Folgen

Lea hatte Punkt-um gerade mit frischem Wasser und neuen Körnern versorgt, als im Flur aufgeregte Stimmen erschallten.

»Leaaa? Luuuciiieee?«, hörte sie ihre Mutter rufen. »Seid ihr zu Hause?«

»Zu Haaauseee!«, krakeelte Punkt-um und knackte einen Sonnenblumenkern.

Einen Lidschlag später wurde Leas Zimmertür aufgedrückt, und Rosanna von Leipnitz lugte herein.

»Überraschung«, sagte sie mit einem Lächeln, das von einem Ohrläppchen zum anderen reichte.

Lea stellte die Packung mit dem Papageienfutter auf die Fensterbank und lief ihrer Mutter entgegen.

»Was denn für eine Überraschung?«, fragte sie neugierig.

»Sono io, mia bella angelina!«, ertönte eine weitere Stimme.

Lea kam sie zwar irgendwie bekannt vor, sie konnte sie jedoch nicht sofort einordnen.

Rosanna von Leipnitz öffnete die Zimmertür nun ganz. Sie ergriff Lea am Handgelenk, bugsierte ihre Tochter über die Schwelle und zog die Tür hinter ihr hastig wieder zu.

»Vor einer guten halben Stunde aus Venedig eingetroffen«, sagte sie glücklich und machte eine Armbewegung, als würde sie die spanische Königin höchstpersönlich ankündigen. »Eure Nonna Ludovica!«

Neben der Garderobe standen ein riesiger fliederfarbener Koffer und daneben eine kleine drahtige Frau von ungefähr siebzig Jahren. Sie trug ein leuchtend lilafarbenes Kleid und dunkelgrüne Chelsea-Boots mit Pfennigabsätzen. Ihre schwarz-grau melierten Haare waren mit einer großen blütenförmigen Haarnadel zu einem Dutt aufgesteckt, aus dem sich eine rotgefärbte Locke gelöst hatte.

»Nonna Dolce Vita?«, stammelte Lea. »Bist du das?«

»Aber natürlich, mein Engelchen«, erwiderte Ludovica de Angelis, und in ihren kohlschwarzen Augen funkelte es übermütig. »Wer sollte ich denn sonst sein?« Sie breitete die Arme aus und machte einen großen Schritt auf ihre Enkelin zu. »Und jetzt komm an mein Herz, meine Süße. Ich habe schon völlig vergessen, wie du dich anfühlst.«

»Ähm …«

Unschlüssig starrte Lea ihre Großmutter an, und noch ehe sie einen weiteren Gedanken fassen konnte, war sie bereits von zwei erstaunlich kräftigen Armen umschlossen und von einer Wolke aus exotischen Düften umhüllt.

»Aber Oma«, stieß Lea hervor. »So kenne ich dich ja gar nicht!«

»Na, also aberchen …«, erwiderte Ludovica de Angelis. »Wie solltest du auch? Es ist mehr als drei Jahre her, dass wir uns das letzte Mal gesehen haben!« Sie schob Lea ein Stück von sich, umfasste ihre Schultern und sah ihr schmunzelnd in die Augen. »Oder denkst du etwa, du hättest dich in der Zwischenzeit überhaupt nicht verändert, kleine Lucie?«

»Ich bin nicht Lucie«, stellte Lea klar.

»Als ob es darauf ankäme!«, erwiderte ihre Großmutter lachend. »Namen sind doch nichts weiter als Schall und Rauch. Entscheidend ist, was sich dort drin abspielt«, fuhr sie fort und setzte Lea ihren Zeigefinger auf die Brust.

»Na hör mal, Muddi!«, mischte Rosanna von Leipnitz sich ein. »Ich habe meine Kinder doch nicht aus Jux und Tollerei Lea und Lucie genannt. Und du wirst mich ja …«

»Stimmt«, fiel Ludovica de Angelis ihr ins Wort. »Ich hätte dich auch Winnetou taufen können, Tinkerbell oder Klobürste. Der Punkt ist: Damals gefiel mir Rosanna einfach am besten.« Sie musterte ihre Tochter wohlwollend von den dunklen Locken bis zu den schmalen Füßen, die in dunkelblauen Ballerinas steckten. »Klobürste hätte allerdings tatsächlich nicht so recht zu dir gepasst. Dafür bist du viel zu hübsch.«

»Och, es gibt auch Designer-Klobürsten«, sagte Lucie, die bereits vor einer Weile hinter ihrer Oma, ihrer Mutter und ihrer Schwester in den Flur getreten war und das Gespräch zwischen ihnen amüsiert belauscht hatte. »Oder so Spaßdinger, die …«

»… aussehen wie eine Meerjungfrau mit Bürstenfrisur, die im Dunkeln leuchtet!« Ludovica de Angelis ließ Lea los und drehte sich zu ihrer zweiten Enkelin um. »Genau so eine habe ich seit Kurzem in meiner Gästetoilette!«

»Nein!«, stieß Lucie aus.

»Doch!«, widersprach ihre Großmutter. »Und wenn du es mir nicht glaubst, dann komm mich eben besuchen.« Sie schenkte Lucie ein Lächeln und bedachte gleich darauf ihre Tochter mit einem vorwurfsvollen Blick. »Es wird ohnehin höchste Zeit, dass ihr endlich mal wieder in Venedig vorbeischaut. Bevor diese schöne Lagunenstadt endgültig in der Adria verschwindet … und eure Nonna Dolce Vita gleich mit dazu.«

»Ach, Muddi, jetzt übertreib mal nicht«, meinte Rosanna von Leipnitz kopfschüttelnd. »Ich bin sicher, bella Venezia wird noch Generationen überleben.«

»Ja, ja.« Ludovica de Angelis setzte eine betrübte Miene auf. »Irgendwann, wenn eines Nachts nur noch eine leuchtende Klobürste im Meer treibt, wirst du schon noch an meine Worte denken.«

Lea und Lucie sahen sich an. Ihre Augen traten hervor, und das kleine Muttermal über ihrer Oberlippe fing an zu zittern. Dann prusteten sie los.

»Aufhängen die Klobürste!«, brüllte Punkt-um.

»Nanu, wer ist denn das?« Mit hochgezogenen Brauen näherte sich Ludovica de Angelis Leas Zimmer. »Ihr habt doch nicht etwa Nachwuchs bekommen? Ohne mir etwas davon zu erzählen?«

»Nee, nee!«, platzte Lucie gackernd heraus. »Das ist doch bloß unser Papa…!«

Die letzte Silbe blieb ihr buchstäblich im Hals stecken, als sie den alarmierten Blick ihrer Mutter einfing.

»Wie bitte?« Ludovica de Angelis stutzte. Sie hielt in der Bewegung inne und deutete auf die geschlossene Zimmertür. »Euer Papa ist da drin und verlangt, dass meine Meerjungfrauenklobürste aufgeknüpft wird? Der Gute ist doch hoffentlich nicht verrückt geworden?«

»Um Gottes willen, nein!« Rosanna von Leipnitz machte

eine abwehrende Geste. »In letzter Zeit ist er nach der Arbeit immer ein wenig erschöpft. Dann legt er sich hin und träumt wirres Zeug.«

Ludovica de Angelis kniff ein Auge zu und musterte ihre Tochter skeptisch durch das andere.

»Er redet also im Schlaf?«, vergewisserte sie sich.

»Ähm … genau. Dabei schnappt er dann das eine oder andere auf und verarbeitet es gleich mit«, erklärte Rosanna von Leipnitz und schaute dabei kurz zu Lea und Lucie hin, die die Märchenstunde ihrer Mutter mit weit offen stehenden Mündern verfolgten.

»Nun …«, Ludovica de Angelis kräuselte die Lippen, »das ist ja alles schön und gut, mein Liebling, aber warum, per l'inferno, legt er sich dazu in das Bett meiner Enkelin?«, wollte sie wissen und richtete ihren Finger auf Lea. »Du warst doch schließlich auch da drin.«

»Stimmt.«

Lea nickte und warf ihrer Mutter einen nervösen Blick zu. Warum, zum Teufel, tischte sie Nonna Dolce Vita eine solche Lügengeschichte auf? Erwartete sie jetzt etwa, dass Lucie und sie ebenfalls schwindelten?

»Ich habe meine Hausaufgaben gemacht«, erklärte sie, denn das entsprach zumindest teilweise der Wahrheit. »Und den Papa…« …gei gefüttert, wollte sie eigentlich sagen, als ihr klar wurde, dass es Mama anscheinend genau darum ging. Um Punkt-um.

Warum auch immer, aber ganz offensichtlich sollte ihre Großmutter nicht wissen, dass sie einen Papagei besaßen. Und während Lea noch darüber nachgrübelte, wie sie Punkt-um überhaupt vor ihr verbergen sollten, hakte Ludovica de Angelis bereits nach: »Was ist mit deinem Vater?«

»Ähm, na ja, also, *den Papa* stört es nicht, wenn ich an meinem Schreibtisch sitze«, antwortete Lea hastig und mied es, ihre Schwester anzusehen, die die ganze Zeit über unterdrückte Glucksgeräusche von sich gab.

»Aha … und umgekehrt macht es dir wohl auch nichts aus, dass er direkt neben dir im Bett liegt und im Schlaf höchst alarmierende Dinge von sich gibt«, bohrte Ludovica de Angelis unterdessen weiter.

Sie klappte nun auch noch ihr anderes Auge auf Halbmast und betrachtete Lea lauernd.

»Ach, Muddi, das ist doch alles halb so wild«, wiegelte Rosanna von Leipnitz ab. »Erstens redet Gerald ja nicht ununterbrochen, sondern nur hin und wieder mal, und zweitens kann ich nicht erkennen, was am Aufhängen einer Klobürste so alarmierend sein soll.«

»*Aufknüpfen*«, korrigierte Ludovica de Angelis sie. »Aber über die tiefere Bedeutung bestimmter Begriffe will ich lieber nicht mit dir diskutieren, mein Kind«, fügte sie ein wenig resigniert hinzu. »Jedenfalls bin ich ziemlich froh, dass ich mich endlich einmal auf den Weg gemacht habe, um bei euch nach dem Rechten zu sehen.«

»Was glaubst du, seit wann hat Mama gewusst, dass Nonna Dolce Vita zu Besuch kommt?«, überlegte Lucie.

»Keine Ahnung«, meinte Lea, während sie ihren Blick über

das Chaos an Habseligkeiten ihrer Schwester gleiten ließ. »Bestimmt nicht lange. Sonst hätte sie das mit Punkt-um garantiert anders geregelt.«

»Wie anders?« Lucie schüttelte irritiert den Kopf. »Du denkst doch nicht etwa, sie hätte ihn verschwinden lassen?«

Lea blähte die Backen.

»Jetzt, wo du es sagst …«, murmelte sie und betrachtete nachdenklich den Klamottenhaufen auf dem Fußboden, bevor sie ihre Schwester ansah.

»Hätte sie nicht«, sagte Lucie entschieden. »Nicht, ohne uns zu fragen. Und warum überhaupt hätte sie das tun sollen?«

»Vielleicht weil Nonna Dolce Vita eine Papageienfedernallergie hat?«

Lucie tippte sich an die Stirn. »Quark mit Quallensuppe!«

»Na gut, dann geht es Mama eben um die Schimpfwörter und die ganzen Kraftausdrücke, die du und der Fernseher ihm beigebracht haben«, schlussfolgerte Lea.

»Oder ums Prinzip«, ergänzte Lucie.

»Welches Prinzip?«

»Zum Beispiel Vögel in Käfigen«, erklärte Lucie.

Lea deutete auf den Klamottenhaufen.

»Lässt du deswegen deine Sachen frei herumfliegen?«

»Was?«, kicherte Lucie und tippte sich abermals an die Stirn. »Eigentlich ein unschlagbares Argument«, stellte sie fest. »Mal sehen, ob ich das nächste Mal damit durchkomme, wenn Mama mich zum Aufräumen ermahnt.«

»Hier und jetzt ermahne ich dich«, entgegnete Lea. »Und bei mir kommst du damit nicht durch. Damit das mal klar ist!«

Leise stöhnend hob Lucie ein türkisfarbenes T-Shirt, das

kurze violette Ärmel und einen orangenen Blockstreifen über der Brust hatte, auf und betrachtete es von allen Seiten.

»Das gehört in die Wäsche«, bestimmte Lea. »Genau wie dieser ganze Haufen da.« So zumindest erschien es ihr am einfachsten. Und am schnellsten. »Je eher Nonna Dolce Vita hier reinkann, desto besser«, setzte sie energisch hinzu.

»Ja, ja«, grummelte Lucie. »Ist ja auch nicht dein Zimmer, das du für sie hergeben musst.«

Lea öffnete den Mund, aber ihre Schwester ließ sie nicht zu Wort kommen.

»Wenn ich dich erinnern darf … Immer bin ich es, die in der Gegend herumgeschoben wird. Erst in eine andere Klasse, dann in dein Zimmer. Ich bin gespannt, was den Butterkeksen noch so alles einfällt«, maulte sie.

»Tja, wenn du denkst, dass es für mich ein Vergnügen ist, mein Zimmer mit dir *und* Punkt-um zu teilen, dann hast du ziemlich viel Unkraut im Gehirn«, meckerte Lea zurück.

»Ts!« Lucie stemmte die Hände auf die Hüften und sah ihre Schwester herausfordernd an. »Also, ich hatte mich eigentlich darauf gefreut.«

»Was denn jetzt?«, feuerte Lea zurück. »Hast du nicht eben noch gesagt, du willst nicht ständig herumgeschoben werden? Oder habe ich etwa Krautwickel in den Ohren?«

»Bohnen«, sagte Lucie. »Es heißt Tomaten auf den Augen und Bohnen in den Ohren, wenn man …«

»Ja, wenn man nicht hören will«, fuhr Lea dazwischen. »Ich habe dir aber zugehört. Sehr genau sogar. Und deshalb habe ich keine Bohnen in den Ohren, sondern …«

»Krautwickel«, knurrte Lucie. »Schon kapiert. Unkraut

im Gehirn und Krautwickel in den Ohren … Das passt doch ziemlich gut. Oder findest du nicht?«

Die Zwillingsschwestern sahen sich an.

»Merkst du was?«, fragte Lea leise.

Lucie nickte beklommen.

»Wir streiten schon wieder.«

»Und genau das wollten wir doch eigentlich nicht mehr«, sagte Lea seufzend.

»Hach, verdammt!« Lucie ließ das T-Shirt zu Boden fallen, trat auf ihre Schwester zu, schlang ihr die Arme um den Hals und küsste sie auf die Wange. »Wie konnte das nur passieren?«

»Was?«, wollte Lea wissen. Sie legte ihre Hände auf Lucies Rücken und drückte sie sanft an sich. »Das mit dem Kuss?«

»Nee, das mit dem Streit.«

»Nonna Dolce Vita ist schuld«, sagte Lucie. »Und Mama. Und Punkt-um …«

»Bloß wir nicht, was?«, murmelte Lea.

»Dazu sage ich jetzt nichts«, meinte Lucie entschieden und löste sich aus der Umarmung mit ihrer Schwester. »Lass uns lieber weiter aufräumen. Je länger Nonna Dolce Vita im Wohnzimmer herumsitzen muss und ihren Koffer nicht auspacken kann, desto unruhiger wird Mama.«

»Wie vernünftig du plötzlich bist!«, frotzelte Lea. »Hast du etwa eine Einsichtigkeitspille verschluckt?«

»Nee, wahrscheinlich denkt mein Gehirn manchmal einfach, ich wäre du«, gab Lucie schlagfertig zurück und streckte ihrer Schwester die Zunge heraus, worüber Lea jedoch geflissentlich hinwegsah.

»Wieso heißt sie eigentlich so, unsere Nonna?«, fragte sie. »›Oma süßes Leben‹?«

»Weil sie immer nur das macht, was sie will. Und nie, was sie muss oder sollte. Ich meine, welche Oma trägt schon knalllila Kleider und hat eine Meerjungfrauen-Klobürste im Gästeklo?«, erwiderte Lucie kichernd.

»Mhm.« Lea schaufelte den gesamten Klamottenhaufen vom Boden auf. »Kannst du dich eigentlich noch an Nonno Gianni erinnern?«

»Nö«, antwortete Lucie. »Wir waren ja noch nicht mal drei Jahre alt, als er gestorben ist.«

»Er ist aus einer Gondel gefallen und ertrunken«, präzisierte Lea. Sie sagte es so, als würde sie das Märchen von Rotkäppchen erzählen.

»Ich kann mir das auch nicht vorstellen«, meinte Lucie. »Aus welchem Grund fällt man aus einer Gondel? Und wieso ist gerade überhaupt keiner in der Nähe, der einen retten kann?«

»Eben«, sagte Lea. »Und deshalb will ich da unbedingt mal hin.«

»Nach Venedig?«

»Genau.«

»Das kannst du getrost von der Liste streichen«, entgegnete Lucie. »Wenn die Butterkekse irgendwo ganz sicher nicht hinfahren werden, dann ist es Italien, geschweige denn Venedig.«

»Ja, und was glaubst du, womit das zu tun hat?«, gab Lea zurück.

»Mit Nonno Gianni?«

»Genau.«

»Das haben sie so nie gesagt«, wandte Lucie sofort ein.

»Eben drum«, sagte Lea.

»Was?«

Lea zog eine Grimasse.

»Ach, nicht so wichtig«, meinte sie. »Ich stopfe jetzt deine Klamotten in die Waschmaschine und hole frisches Bettzeug aus dem Wäscheschrank. Vielleicht ist Papa ja inzwischen auch schon nach Hause gekommen. Dann werde ich ihm erklären, dass er neuerdings nachmittags in meinem Bett ein Nickerchen zu machen pflegt und dabei im Schlaf redet.«

»Tu das«, sagte Lucie und blickte ihrer Schwester nachdenklich hinterher.

»Der Papagei muss weg!«, raunte Rosanna von Leipnitz.

Sie schloss die Badezimmertür hinter sich und sah ihre Tochter mit einer Mischung aus Beschwörung, Entschuldigung und Panik an.

Lea hatte gerade das 40°-Pflegeprogramm eingestellt und die Waschmaschine gestartet, als ihre Mutter im Bad aufgetaucht war.

»Spinnst du?«, hauchte sie. »Wo soll er denn hin?«

»Zum Beispiel ins Tierheim«, sagte Rosanna von Leipnitz.

»Nein!« Lea ballte die Fäuste. »Nur über meine Leiche. Und über Lucies ebenfalls«, fügte sie sicherheitshalber hinzu.

Es konnte ja wohl nicht sein, dass ihre Mutter schon wieder damit anfing – und nun auch noch tatsächlich ernst machen wollte!

»Doch nur vorübergehend«, versuchte Rosanna von Leipnitz ihre Tochter zu beschwichtigen.

»Kommt nicht infrage«, beharrte Lea. »Das tun wir Punkt-um auf keinen Fall an.«

»Es geht aber nicht anders«, beschwor ihre Mutter sie. »Eure Oma darf ihn unter gar keinen Umständen zu Gesicht bekommen.«

»Das haben Lucie und ich vorhin durchaus begriffen«, erwiderte Lea. »Wir verstehen bloß nicht, wieso du das nicht gestern schon so deutlich gesagt hast. Und noch weniger kapieren wir, warum.«

»Gestern wusste ich noch nicht, dass Nonna Dolce Vita die ganze Zeit über bei uns wohnen würde«, erklärte Rosanna von Leipnitz.

»Sondern wo?«

»Bei Opa Pistorix.«

»Hä? Warum denn das?«, wunderte sich Lea. »Sie ist doch hauptsächlich unseretwegen hier … Oder etwa nicht?«

»Doch natürlich«, entgegnete ihre Mutter ein wenig ungeduldig. »Euer Großvater könnte sie allerdings sehr viel bequemer unterbringen.«

»Aha …?« Lea runzelte die Stirn. »Du meinst damit jetzt aber nicht Oma Billies Seite in seinem großen Ehebett?«

»Selbstverständlich nicht, Schätzchen!«, gab Rosanna von Leipnitz kopfschüttelnd zurück. »Ich dachte da eher an das wunderbare Ausziehsofa im Wohnzimmer. Da schläft man wirklich ganz herrlich drauf«, schwärmte sie.

»Okaaayyy …«

»Außerdem wäre Opa Pistorix dann nicht so allein.«

Stimmt, dachte Lea bei sich und wechselte das Thema. Im Augenblick interessierte sie etwas anderes nämlich sehr viel mehr.

»Und was genau hat sie gegen Punkt-um?«, fragte sie stattdessen.

»Gar nichts«, erwiderte Rosanna von Leipnitz. »Na ja, zumindest ist es nicht direkt etwas Persönliches«, fügte sie einschränkend hinzu.

»Sie kann es nicht ausstehen, wenn man Vögel in Käfige sperrt, stimmt's?«, brachte Lea ihre Vermutung auf den Punkt.

»Ja, das auch …«, antwortete ihre Mutter ausweichend.

Doch Lea war fest entschlossen, sie nicht ohne eine klare Erläuterung davonkommen zu lassen. Nur wenn sie Mamas Beweggründe und natürlich auch die von Nonna Dolce Vita kannte, konnte sie auf Punkt-ums Schicksal vielleicht noch Einfluss nehmen.

»Was ist es denn dann?«, bohrte sie daher weiter.

»Das ist nicht so leicht zu erklären«, gab Rosanna von Leipnitz zurück, und ihre Gesichtszüge verschlossen sich. »Jedenfalls nicht zwischen Tür und Angel …«, murmelte sie. »Ich glaube, dein Vater kommt gerade heim«, sagte sie dann plötzlich wie aus dem Nichts heraus, und ehe Lea sichs versah, war sie aus dem Badezimmer gehuscht.

»Mamaaa!«

Mit einem Satz sprang Lea ihr hinterher.

Im Flur vor der Garderobe stand tatsächlich Gerald von Leipnitz und betrachtete stirnrunzelnd den fliederfarbenen Hartschalenkoffer.

»Will jemand verreisen?«, fragte er seine Frau. »Ohne dass ich etwas davon weiß?«

»Natürlich nicht«, wisperte Rosanna von Leipnitz. »Der Koffer gehört meiner Mutter. Sie wird nicht bei deinem Vater wohnen, sondern bei uns.«

»Oh … und wo …?«

Der Blick von Leas Vater wanderte zwischen den Zimmertüren der Zwillinge hin und her.

»Bei Lucie«, sagte Lea, während sie auf ihren Vater zulief. »Das hat Mama so entschieden.«

»Hallo, mein Schatz«, sagte Gerald von Leipnitz lächelnd und streckte seiner Tochter eine Faust hin.

Lea stieß mit ihrer dagegen.

»Hi, Papa, ich …«

Weiter kam sie nicht, denn nun setzte ihre Mutter ihm beide Hände auf die Brust und schob ihn sanft, aber bestimmt in Richtung Küche.

»Ich muss mit dir reden«, raunte sie. »Wegen Nonna … Sie sitzt im Wohnzimmer und ist vor ein paar Minuten eingenickt. Es geht um Punkt-um.«

Gerald von Leipnitz nickte. »Verstehe.«

Inzwischen waren die beiden in der Küche angekommen. Lea klebte ihnen an den Fersen und saugte jedes Wort in sich auf wie ein ausgetrockneter Schwamm.

»Was verstehst du?«, bedrängte sie ihren Vater. »Wieso darf Nonna Dolce Vita nicht wissen, dass wir einen Papagei in der Wohnung haben?«

»Das erzählen wir euch später«, antwortete ihre Mutter.

»Wenn ich vielleicht auch mal etwas sagen dürfte …«,

meldete sich Gerald von Leipnitz zu Wort. »Ich finde es nicht in Ordnung, dass Lucie ihr Zimmer hergeben soll. Deine Mutter kann genauso gut auch im Wohnzimmer auf dem Sofa oder in meinem Arbeitszimmer übernachten.«

»Aber …«, setzte seine Frau zum Protest an, wurde jedoch gleich wieder von Leas und Lucies Vater unterbrochen.

»Du weißt genau, dass ich nichts davon halte, wenn die Mädchen während der Schulzeit zusammen in einem Bett schlafen«, erinnerte er sie.

Lea und Lucie sahen zuerst einander und anschließend ihre Mutter flehend an.

»Na gut«, sagte Rosanna von Leipnitz und stieß einen lang gezogenen Seufzer aus. »Lucie behält ihr Zimmer und ihr Bett, und meine Mutter zieht in Papas Arbeitszimmer.«

»Sehr gut!«

Gerald von Leipnitz grunzte zufrieden. Und während er weiter in die Küche dackelte, sah Rosanna von Leipnitz ihre Töchter beschwörend an.

»Ich möchte die nächste Viertelstunde nicht gestört werden«, raunte sie. »Denn ich muss euren Vater jetzt erst mal in meine kleine Lügengeschichte einweihen … und hoffen, dass er mir deswegen nicht den Kopf abreißt«, fügte sie mit einem leicht verunglückten Lächeln hinzu. »Inzwischen zieht ihr bitte das Bett für Nonna Dolce Vita auf«, ordnete sie an, verschwand ebenfalls in der Küche und drückte die Tür hinter sich zu.

Ein neues Zuhause für Punkt-um

»Mama spinnt ja wohl!«, schimpfte Lucie, als Lea fünf Minuten später mit der Katastrophenbotschaft und einem Stapel Bettzeug zurückkam. »Wo sollen wir Punkt-um denn bitte schön so schnell unterbringen?«

»Vielleicht bei Alina oder Vanessa …?«, überlegte Lea, während sie den Kissenbezug auf links drehte, ihre Hände hineinschob und das Kopfkissen an zwei Ecken packte. »Opa Pistorix würde ihn bestimmt sofort nehmen, aber bei ihm geht es ja leider nicht, weil Nonna Dolce Vita ihn garantiert ebenfalls besuchen wird.«

»Es ist aber auch zu blöd, dass die Butterkekse dir nicht verraten haben, was genau sie an unserem Papagei eigentlich stört«, erwiderte Lucie.

Sie kramte ihr Smartphone aus ihrem Rucksack hervor und schrieb Alina eine Nachricht.

Notfall! Kann Punkt-um für ein paar Tage bei dir unterkommen?* L+L**

Anschließend bat sie ihre Schwester um Vanessas Nummer.

»Keine Ahnung«, stöhnte Lea. Sie zog den Bezug mit zornigem Schwung über das Kissen und knöpfte ihn zu. »Ich weiß die doch nicht auswendig. Warum schreibst du ihr nicht von meinem Handy?«

»Gerne«, sagte Lucie. »Wenn du mir verrätst, wo es ist.«

»Entweder in meinem Rucksack oder in meiner Jackentasche«, kam es von Lea, die sich nun an das Beziehen der Bettdecke machte.

Lucie verkniff sich die naheliegende weitere Frage, und schlüpfte mit einem knappen »Ich bin dann mal weg« auf den Flur hinaus.

Im Wohnzimmer war ein gedämpfter Wortwechsel zu hören. Lucie verstand keine Silbe, erkannte jedoch drei verschiedene Stimmen – Nonna Dolce Vita hatte ihr Nickerchen also offenbar schon wieder beendet.

Mit wenigen lautlosen Schritten schlüpfte Lucie in das Zimmer ihrer Schwester. Sie drückte die Tür hinter sich zu und drehte den Schlüssel um.

»Treulose Tomate«, beschwerte sich Punkt-um, der kopfüber von der Käfigdecke hing. »Kleine Abreibung gefällig?«

»Halt bloß den Schnabel!«, zischte Lucie,

Sie packte das große Badehandtuch und breitete es über den Käfig.

Ein kurzes heftiges Geflatter ertönte, dann war es still.

»Also, ich hab dir das nicht beigebracht«, murmelte Lucie.

Zumindest konnte sie sich nicht daran erinnern.

Da Leas Zimmer wie immer picobello aufgeräumt war, entdeckte Lucie die gesuchten Sachen sofort. Der Rucksack stand neben dem Schreibtisch, und die Jacke hing über dem Drehstuhl davor.

Das Handy befand sich in der Seitentasche des Rucksacks. Lucie rief Vanessas Nummer auf und stellte die Verbindung her.

»Hey, du kannst unsere kleine zwei-Personen-Pyjama-Party am Wochenende wohl gar nicht mehr abwarten, was?«, quiekte Vanessa kurz darauf in ihr Ohr.

»Stimmt«, sagte Lucie. »Das hier ist allerdings ein Notfall.«

»Aha. Was ist denn los?«, wollte Leas Freundin wissen.

»Meine Mutter will Punkt-um ins Tierheim abschieben«, antwortete Lucie. »Und zwar heute noch.«

»Oh«, sage Vanessa nur.

»Ja … und deshalb wollte ich dich fragen, ob du ihn eventuell für ein paar Tage bei euch unterbringen kannst.«

»Nee … glaub nicht«, gab Vanessa betrübt zurück. »Du weißt, dass meine Mom dich echt gernhat und alles für dich tun würde, aber sie hat ja nun mal diese komische Allergie.«

»Hm, stimmt«, erwiderte Lucie, obwohl sie gerade zum ersten Mal davon hörte. »Hab ich ganz vergessen.«

»Tut mir echt leid, Lea. Kann dein Opa ihn nicht nehmen?«

»Leider nicht«, sagte Lucie. »Na ja, ich hör mich dann mal weiter um«, beendete sie das Gespräch und ballte insgeheim ihre Faust zum Triumph.

Vanessa hatte doch tatsächlich nicht gemerkt, dass sie gar nicht Lea war. An der Stimme und der Art, wie sie redeten, waren die Zwillingsschwestern demnach anscheinend nicht einmal für ihre besten Freunde auseinanderzuhalten.

Doch zurück zu Punkt-um: Abgesehen von Vanessa und Alina fiel Lucie jedoch niemand ein, den sie außerdem hätte fragen können, und Alina hatte sich ja leider noch nicht gemeldet. – Verflixter Mist! Wieso konnte *sie* nicht einfach auch ein paar Freundinnen haben!? Wo auch immer Lucie hinsah, ständig war Lea im Vorteil.

»Keine Freundin weit und breit. Jedenfalls keine echte, keine für mich *allein* … Wie kann das *sein*?«, dichtete Lucie leise vor sich hin.

Doch halt! Moment mal …

»Jungs liegen mir einfach *mehr*. Da redet es sich klug, ja *sehr*. Aber einen Freund, einen echten, wo nehme ich den jetzt bloß *her*?«

Ein Lächeln huschte über Lucies Gesicht.

Okay, Rabatze war jetzt vielleicht nicht der ultimative Superfreund, aber im Funpark hatte er immerhin fest an ihrer Seite gestanden. Warum also sollte sie ihn jetzt nicht fragen?

Mit flinken Fingern holte Lucie seine Nummer aufs Display, und noch ehe sie sich über ihr albernes Herzflattern ärgern konnte, hatte sie Rabatze bereits an der Strippe.

»Hey!«, rief er fröhlich. »Was geht?«

»Ich brauche deine Hilfe.«

»Oh! Wegen Miriam?«

»Nein … ähm, wieso?« Lucie stutzte. »Gibt es denn was Neues über sie?«

»Nee, nee!«, winkte Rabatze sofort ab. »Ich dachte bloß.«

»Aha … ähm, okay … äh …«

Grrr! Konnte die große Slam-Poetin vielleicht mal in ganzen Sätzen sprechen?, dachte Lucie peinlich berührt. (Große Poetin … Haha!)

»Na, dann schieß mal los!«, ermunterte Rabatze sie. »Was hat die Lady auf dem Herzen?«

Die Lady … Oha! Wollte er sie etwa verhintern? Oder hatte Rabatze etwas gegessen, das ihm nicht bekommen war?

»Ich meine das ganz ernst«, betonte Lucie sicherheitshalber.

»Ich auch«, erwiderte ihr Schulkamerad. »Tut mir leid, wenn ich dich verunsichert habe. Das war keine Absicht. Also, raus damit: Was kann ich für dich tun?«

Okay, das klang schon sehr viel besser. Trotzdem wollte Lucie sich lieber behutsam herantasten.

»Magst du Vögel?«, fragte sie.

»Ja … klar.«

»Kleine oder auch große?«

Rabatze lachte kurz auf.

»Wie groß?«, wollte er wissen.

»Wie ein Papagei«, sagte Lucie.

»Öhm … klar. Papageien sind cool.«

»Und was ist mit deinen Eltern?«, bohrte Lucie weiter.

»Wie meinst du das?«

»Mögen die auch Papageien?«

»Wieso?«, gab Rabatze belustigt zurück. »Hast du einen zu verschenken?«

»Das nicht«, antwortete Lucie. »Aber zu verleihen. Käfig, Vogelsand und Futter inklusive«, fügte sie hastig hinzu. »Und es müsste sofort sein.«

»Aha … und für wie lange?«

»Das weiß ich leider nicht«, sagte Lucie. »Vielleicht für eine Woche, vielleicht aber auch für einen ganzen Monat.«

»Kann er sprechen?«

»Ja, aber er sagt nur schlimme Sachen.«

»Okay.« Rabatze lachte leise. »Ich frag mal kurz meine Eltern.«

Wenig später stahlen Lucie und ihr Vater sich mit dem Papageien-Käfig aus der Wohnung und steuerten auf den Volvo zu.

Lucie schob den Käfig auf die Rückbank, pflanzte sich daneben und legte den Gurt an. Den Käfig sicherte sie ebenfalls.

»Unverschämte Göre«, krakeelte Punkt-um und flatterte wie wild mit den Flügeln.

»Bitte deck ihn wieder zu«, verlangte Gerald von Leipnitz und startete den Motor, was der Papagei umgehend mit »Verrat!« kommentierte.

»Das ist nur zu deinem Besten«, versuchte Lucie ihn zu beruhigen. »Ich möchte aber, dass er sieht, was passiert, und nicht völlig verängstigt ist, wenn er nachher feststellt, dass er sich in einer vollkommen anderen Umgebung befindet«, setzte sie an ihren Vater gewandt hinzu.

Gerald von Leipnitz seufzte unwillig.

»Also gut«, brummte er. »Dann halt ihn bitte ruhig, damit ich mich auf den Verkehr konzentrieren kann.«

»Nur zu deinem Besten«, plapperte Punkt-um, steckte seine Schnabelspitze durch die Käfigstangen und ließ sich von Lucie kraulen.

»Genau, mein Süßer«, wisperte sie. »So ist es brav.«

Der Papagei schnurrte leise und verhielt sich die ganze Fahrt über still. Erst als Gerald von Leipnitz den Wagen anhielt, stieß er ein empörtes Hupen aus, das er offenbar unterwegs aufgeschnappt hatte.

Lucie löste die Sicherheitsgurte, griff nach dem Handtuch,

der Tüte mit dem Futter und dem Vogelsand und stieg aus. Unterdessen hatte ihr Vater den Käfig bereits aus dem Auto gehoben und sah sich nun nach dem richtigen Hauseingang um.

»Da vorne ist es! Nummer hundertachtundsechzig!«, rief Lucie und deutete auf ein vierstöckiges ockergelb getünchtes Haus mit dunklen Fensterrahmen.

Während sie darauf zuliefen, hupte Punkt-um ununterbrochen.

Eine Frau, die vor ihnen auf dem Bürgersteig lief, zuckte erschrocken zusammen, und ein Autofahrer hupte zurück.

»Dieser Vogel macht mich noch wahnsinnig!«, schimpfte Gerald von Leipnitz. »Dass er aber auch wirklich alles nachplappern muss!«

»Er ist eben besonders begabt«, verteidigte Lucie Punkt-um.

Ihr Vater rollte genervt mit den Augen.

»Sag deinem Freund, er bekommt von mir fünfzig Euro, wenn er ihm etwas wirklich Anhörenswertes beibringt … und er alles andere darüber vergisst.«

»Das erzähl mal bloß nicht Lea«, meinte Lucie. »Mama wollte nämlich, dass sie das ganz umsonst macht.«

»Wahrscheinlich hätte es sowieso nicht funktioniert«, gab ihr Vater zurück. »Ich fürchte, wir müssen Punkt-um so nehmen, wie er ist.«

»Also, ich finde ihn völlig okay«, fuhr Lucie mit ihrer Verteidigung fort. »Letztendlich plappert er ja nur das nach, was er in unserer Wohnung hört.«

»Stimmt«, pflichtete Gerald von Leipnitz ihr zähneknirschend bei. »Wir sind einfach keine guten Vorbilder für ihn.«

Lucie zwinkerte ihm zu.

»Und das sagt ausgerechnet ein Lehrer!«

Ihr Vater zwinkerte zurück.

»Immerhin unterrichte ich kein Deutsch.«

»Jetzt rede dich mal bloß nicht raus!«, wies Lucie ihn mit einem freundschaftlichen Knuff gegen den Arm zurecht. »Ein Vorbild musst du trotzdem sein. Für deine Schüler … und für deine Kinder.«

»Tuuut!«, hupte Punkt-um. »Tuuut-tuuut-tuuut!«

Immer mehr Leute schauten zu ihnen herüber. Die meisten lachten, aber es waren auch ein paar darunter, die verständnislos mit dem Kopf schüttelten.

Zum Glück hatten sie die Eingangstür des ockerfarbenen Hauses inzwischen erreicht.

Lucie sah auf die Klingelschilder, und erst in diesem Moment wurde ihr siedend heiß klar, dass sie Rabatzes Nachnamen gar nicht kannte.

»Ähm …« Unschlüssig wanderte ihr Blick zwischen Jenyat und Güler hin und her.

»Jetzt sag bloß nicht, du weißt nicht, wie der Knabe heißt!«, entfuhr es Gerald von Leipnitz.

»Doch, Rayhan.«

»Das steht hier aber nirgends«, meinte ihr Vater trocken.

Offensichtlich hatte er große Mühe, sich das Lachen zu verkneifen.

»Das ist ja auch sein Vorname«, presste Lucie zwischen zusammengebissenen Zähnen hervor. »Du hast ihn nicht zufällig mal unterrichtet?«

»Ich nehme mal an, das wüsstet du«, erwiderte Gerald von Leipnitz.

»Tut«, sagte Punkt-um. Er reckte seinen Kopf vor und betrachtete ebenfalls die Klingelschilder. »Mein Süßer.«

»Jenyat oder Güler«, murmelte Lucie.

»Türke oder Perser?«, fragte ihr Vater.

»Ich glaube, Iraner.«

Gerald von Leipnitz nickte. »Also Jenyat«, sagte er und setzte seinen Finger auf den Klingelknopf neben dem Namensschildchen. »Güler ist eindeutig türkisch.«

»Güüüüler!«, krakeelte Punkt-um. »Güler! Süßer! Tuuut!« Anschließend machte er Kussgeräusche.

Gleichzeitig klackte es in der Gegensprechanlage.

»Hallo?«, erklang Rabatzes Stimme. »Lucie, bist du das?«

Punkt-um machte weiter Kussgeräusche, und Lucie hatte das Gefühl, von den Zehennägeln bis zu den Haarwurzeln knallrot anzulaufen.

Ihr Vater griente über das ganze Gesicht.

»Na, das kann ja heiter werden«, meinte er.

»Oh, du bist nicht allein!«, rief Rabatze.

»Das ist mein Vater!«, rief Lucie zurück. »Und das andere … ähm … das war der Papagei. Und jetzt mach bitte auf, bevor wir womöglich noch verhaftet werden.«

»Alles klar«, sagte Rabatze lachend. »Erster Stock links.«

Der Summer ertönte, und Gerald von Leipnitz drückte die Tür auf.

Lucie schlüpfte an ihm vorbei und hastete zwei lange Treppen hinauf, die sie in die erste Etage führten. Rabatze empfing sie breit grinsend auf dem obersten Stufenabsatz. Auf seinem dunkelroten T-Shirt stand in türkisgrüner Schrift **So 'ne Atombombe kann einem den ganzen Tag verderben.**

Damit meint er hoffentlich nicht mich und meine Papageienaktion, durchzuckte es Lucie.

»Güüüleeer!«, hallte Punkt-ums durchdringende Stimme durchs Treppenhaus. »Tuuut-tuuut-tuuut! Drrrringggg!«

»Tut mir leid, dass wir mit einem solchen Trara bei euch auflaufen«, sagte Lucie betreten. »Und jetzt macht er auch noch die Klingel nach!«

Mit dem nächsten Atemzug erschien ihr Vater hinter ihr und stellte den Käfig auf dem Boden ab.

»Ach, das ist doch total lustig«, erwiderte Rabatze lässig. »Außerdem findet euer Vogel diesen kleinen Ausflug bestimmt megaaufregend. Hab ich recht, junger Freund?«, fragte er und ging vor dem Käfig in die Hocke.

»Alles klar … Süßer!«, krächzte Punkt-um ein wenig undeutlich.

Leise schnurrend senkte er den Kopf und wirkte einen Moment lang geradezu verlegen. Doch schon in der nächsten Sekunde riss er den Schnabel wieder weit auf und stieß ein ohrenbetäubendes Klingeln aus, das von einem Schrei abgelöst wurde, der Lucie bis ins Mark erschütterte.

Ihr Vater fasste sich erschrocken ans Herz, und auch Rabatze machte einen Satz rückwärts.

»Du liebe Güte!«, rief er. »Ich glaube, der Gute guckt zu viele Horrorfilme.«

»Mhm.« Gerald von Leipnitz nickte. »Damit könntest du recht haben.«

»Aber Leas oder meine Schuld wäre das dann nicht«, stellte Lucie umgehend klar.

»Nein, dafür wäre in der Tat ganz allein ich verantwortlich«, gab ihr Vater unumwunden zu und griff nach dem Tragebügel des Käfigs. »Jedenfalls kann man das wirklich niemandem zumuten.«

»A-aber …«, stammelte Lucie.

Natürlich sah auch sie ein, dass Punkt-ums Geschrei eine echte Belastungsprobe war, aber irgendwo musste er schließlich bleiben.

»Er hält sofort die Klappe, wenn man den Käfig zudeckt«, setzte sie also hastig hinzu.

»Verrrat!«, krakeelte der Papagei und schielte auf die Tüte in Lucies Hand. »Güüüleeer! Mein junger Frrreund!«

Auf der Etage über ihnen wurde eine Tür geöffnet.

»Hat da jemand nach uns gerufen?«, fragte eine Frauenstimme.

»Oh!« Rabatze trat einen Schritt zurück und richtete den Blick nach oben. »Nein. Entschuldigen Sie bitte, Frau Güler, das war ein Versehen. Wir nehmen gerade einen Papagei in Pflege. Er ist ein wenig aufgeregt und hat wohl zufällig Ihren Namen aufgeschnappt.«

Einen kurzen Augenblick herrschte Stille, dann hörte man das Klappern von hohen Absätzen auf der Treppe, und kurz darauf tauchte eine junge Frau mit kastanienroter Hochsteckfrisur und großen dunklen Augen neben ihnen auf. Sie duftete wie eine Prinzessin aus *Tausendundeine Nacht*, trug ein elegantes schwarzes Kostüm und unzählige goldene Ringe und Armbänder, die an ihren schmalen Handgelenken leise klimperten.

»Oh, der ist ja zauberhaft!«, rief sie entzückt, beugte sich über den Käfig und säuselte: »Guddi-guddi-guddi!«

»Güüüler!«, krähte Punktum. »Zauberrrhaft!«

»Ach, ist der reizend! Ein wirklich wundervolles Tier. So klug und wohlerzogen.« Die junge Türkin kriegte sich gar nicht mehr ein vor Begeisterung. Mit einem strahlenden Lächeln sah sie zwischen Lucie, Rabatze und Gerald von Leipnitz hin und her. »Wenn ich mich vorstellen darf: Mein Name ist Güler. Meltem Güler. Mein Mann und ich freuen uns sehr, dass wir nun einen Papagei im Haus haben.«

»Ich hoffe, die anderen Hausbewohner sehen das genauso«, sagte Gerald von Leipnitz.

»Alle aufhängen!«, krakeelte Punkt-um. »Guddi-guddi-guddi!«

»Na hör mal«, sagte Meltem Güler und beugte sich erneut über den Käfig. »Du sollst aber nur schöne Dinge sagen.«

»Das Beste ist wohl, wenn du ihn jetzt schnell in eure Wohnung bringst«, zischte Lucie Rabatze zu. »Gib ihm frisches Wasser und etwas zu essen und decke seinen Käfig dann mit dem Handtuch ab. Für heute hat er sich wirklich erst mal genug aufgeregt.«

»Das sehe ich genauso«, pflichtete Meltem Güler ihr bei. »Und morgen Nachmittag werde ich deine Mama besuchen«, fuhr sie fort, während sie Rabatzes Schulter klopfte, »und dem Vögelchen ein paar hübsche Sätze beibringen.«

Perfekt!, dachte Lucie und nickte ihrem Freund eifrig zu. – Besser konnte es doch gar nicht laufen!

Schlechter Start ins Wochenende

Am Freitagmorgen saßen Lea und Lucie gähnend am Frühstückstisch.

Gerald von Leipnitz biss in seinen Marmeladentoast und betrachtete seine Töchter argwöhnisch.

»Kann es sein, dass ihr die ganze Nacht hindurch gequasselt habt?«, fragte er nach einer Weile.

»Nö.« Lucie pustete in ihre Tasse, obwohl der Kakao darin längst abgekühlt war. »Nicht die ganze.«

»Also, ich habe um kurz vor elf das letzte Mal auf meinen Wecker geschaut«, sagte Lea. »Direkt danach muss ich eingeschlafen sein.«

Davor hatte es zwischen den Schwestern allerdings eine Menge zu bereden gegeben. Hauptthema war Punkt-um gewesen. Die Schwestern machten sich große Sorgen darum, ob er sich in seiner neuen Umgebung auch wirklich wohlfühlte. Dabei hatte Rabatze Lucie über WhatsApp bereits mehrmals versichert, dass er fröhlich und für seine Verhältnisse sogar ausgesprochen höflich sei und nicht nur die Nachbarin Meltem Güler, sondern auch seine Eltern ganz begeistert von dem Papagei wären.

»Ob er uns wohl vermisst?«, krächzte Lea in ihr Müsli.

»Wer?«, fragte Ludovica de Angelis, die in dieser Sekunde mit schlafzerzausten Haaren und in einen sonnengelben Seidenmorgenmantel gehüllt die Küche betrat. Ein wohliges Lächeln im Gesicht streckte sie ihre Arme in Richtung Zimmerdecke aus und steuerte schließlich auf den einzigen freien Stuhl zu.

Verdattert sahen Lea und Lucie und ihr Vater sie an.

»Du bist schon wach?«, wunderte sich Gerald von Leipnitz.

Ludovica de Angelis hob eine Augenbraue.

»Was dagegen?«

»Nein, natürlich nicht«, beeilte Gerald von Leipnitz sich ihr zu versichern. »Ich dachte nur, dass du vielleicht ein wenig ausschlafen würdest.«

»Ach was«, gab seine Schwiegermutter beinahe schroff zurück. »Mein Motto war schon immer: Carpe diem. Nutze den Tag!«

»Stimmt«, murmelte Gerald von Leipnitz. »Wie konnte ich das nur vergessen!«

»Wie bitte?« Seine Schwiegermutter sah ihn scharf an. »Was gibt es denn daran bitte schön auszusetzen?«

Gerald von Leipnitz hob abwehrend die Hand.

»Gar nichts, Mutter. Du bist unser Gast und kannst selbstverständlich tun, wonach dir der Sinn steht.«

»Na, das will ich doch meinen«, entgegnete Ludovica de Angelis mit einem zufriedenen Grunzen und wandte sich dann ihren Enkelinnen zu. »So, und ihr zwei erklärt mir jetzt bitte, wer euch vermisst?«

Lucie und Lea tauschten einen schnellen Blick.

»Ähm … Opa Pistorix!«, platzte es eine Sekunde später aus Lucie heraus. »Wir haben ihn schon ewig nicht mehr gesehen.«

»So?« Ludovica de Angelis kniff in gewohnter Manier ein Auge zu und fixierte ihre Enkelin mit dem anderen. »Und warum nicht?«

»Na ja, wir haben immer schrecklich viel zu tun«, erklärte Lea, nachdem sie und ihre Schwester ein wenig herumgedruckst hatten. »Schule, Hausaufgaben, unser Sport, Freunde, Hobbys«, zählte sie auf. »Aber am Sonntag könnten wir wirklich mal wieder bei ihm vorbeifahren«, setzte sie hastig hinzu, als sie den sich immer mehr verfinsternden Blick ihrer Großmutter bemerkte.

»Wieso wohnst du eigentlich nicht bei ihm?«, fragte Lucie. »Dann hätte er den ganzen Tag Gesellschaft.«

Ludovica de Angelis schüttelte den Kopf.

»Ihr wollt mich wohl loswerden, was?«

»Aber Nonnilein!«, rief Lea. »Ganz bestimmt nicht! Wir freuen uns total, dass du hier bist.«

»Na, na, na … Wenn das mal die ganze Wahrheit ist!«, erwiderte Ludovica de Angelis. Sie nahm eine Papierserviette vom Stapel, schüttelte sie auf und breitete sie schwungvoll über ihrem Schoß aus. »Und im Grunde würde ich ja sehr gerne bei deinem Vater wohnen«, fuhr sie an Gerald von Leipnitz gerichtet fort. »Aber so etwas gehört sich nun einmal nicht.«

»Hä?«, machte Lucie, und ihr Vater fragte erstaunt: »Warum denn das nicht? Ihr seid schließlich miteinander verwandt.«

Ludovica de Angelis nickte.

»Allerdings nur, weil du meine Tochter geheiratet hast. Ohne diesen Umstand wären Otto von Leipnitz und ich einander nämlich völlig fremd«, stellte sie klar. »Womöglich hätten wir uns nie kennengelernt.«

Gerald von Leipnitz schob sich den Rest seines Marmeladentoasts in den Mund und erhob sich mit einem leisen Seufzen. »Ich muss jetzt los. Wenn du einen Kaffee oder Espresso möchtest, kann ich dir jedoch gerne noch rasch einen zubereiten.«

»Zubereiten lassen, meinst du wohl«, brummte Ludovica de Angelis und wies auf den Kaffeeautomaten, der gegenüber auf der Anrichte stand. »Ich habe selber eine solche Höllenmaschine daheim und weiß sehr gut, wie man mit diesen Dingern umgeht. Du brauchst dir meinetwegen also keine Umstände zu machen.«

»Ich muss bitte wissen, wo Miriam wohnt«, bestürmte Lucie Rabatze in der ersten großen Schulpause, nachdem sie sich zuvor ausgiebig nach Punkt-um erkundigt hatte und zu der Überzeugung gelangt war, dass der Papagei bei ihrem Freund und seiner Familie wirklich gut aufgehoben war.

»Du kannst mich besuchen, sooft du willst«, bot Rabatze ihr an.

»Wenn du mir dann Miriams Adresse verrätst …«, erwiderte Lucie, die sich von seinem Ablenkungsversuch auf keinen Fall aus der Spur bringen lassen wollte.

»Was genau willst du denn von ihr?«

»Das weißt du doch«, erwiderte Lucie. »Ich möchte herausfinden, was in unserer Klasse eigentlich genau abgeht.«

»Ist das denn nicht klar?«

Lucie schüttelte den Kopf.

»Nicht ganz. Klar ist nur, dass Niko, Finn und Can irgendwie alles in der Hand haben. Zumindest haben sie erreicht, dass wir keinen Beitrag zum Schulfest leisten dürfen. Und unser neuer Klassenlehrer, Herr Bongartz, macht nicht den Eindruck, als ob er sich gegen sie durchsetzen wollte«, erklärte sie.

»Also, ich würde mich davon nicht tyrannisieren lassen«, meinte Rabatze schulterzuckend. »Lass die drei doch machen. Kümmere dich nicht um sie. Und was das Schulfest angeht: Hilfe wird an jeder Ecke gebraucht. Egal ob du Kuchen verkaufst, Würstchen grillst oder beim Aufbauen hilfst.«

»Logisch«, entgegnete Lucie. »Dass da jeder mit anpackt, versteht sich ja wohl von selbst.«

»Mit Ausnahme von Niko, Can und Finn«, widersprach Rabatze grinsend. »Und vermutlich noch ein paar Kandidaten.«

»Um diese ganz normale selbstverständliche Hilfe geht es mir aber gar nicht«, sagte Lucie. »Ich würde gerne etwas Besonderes machen. Außerdem ist es doch toll, wenn eine Klasse ihren Zusammenhalt nach außen hin zeigt. Das ist bei uns jetzt aber leider nicht der Fall.«

»Tja, weil es diesen Zusammenhalt bei euch eben nicht gibt«, brachte Rabatze es auf den Punkt. »So etwas lässt sich ja nun mal nicht erzwingen. Ihr seid auch bestimmt nicht die einzige Klasse an unserer Schule, in der das so ist«, versuchte er Lucie zu trösten. Das war zwar total lieb, aber das reichte ihr nicht. So leicht würde sie nämlich nicht klein beigeben. Erst wenn sie mit Miriam gesprochen hatte und diese ihr definitiv nicht erzählen wollte, wie Niko, Can und Finn sie dazu gebracht hatten, die Schule zu wechseln, würde sie das Ganze – sehr vielleicht und dann auch nur vorläufig – auf sich beruhen lassen.

»Jetzt verrat mir schon Miriams Adresse«, bettelte Lucie. »Dann kann sie selbst entscheiden, ob sie mit mir reden will … bitte, Raba!«

»Oh, mein Gott!« Rabatze sah stöhnend zum Wolkenverhangenen Himmel hinauf. »Wenn du mich sooo anguckst … wie soll ich denn da widerstehen?«

Wieso, wie guck ich denn?, hätte Lucie beinahe gefragt.

Bevor sie das jedoch tun konnte, merkte sie, dass ihr wieder einmal die Hitze ins Gesicht schoss. Und jetzt hatte sie alle Hände (ähm, Augen) voll damit zu tun, in alle möglichen Richtungen zu gucken, und dabei möglichst Rabatzes Gesicht auszulassen.

»Okay«, sagte er schließlich. »Unter einer Bedingung.«

Lucie schluckte.

»Und welche?«, fragte sie den Schulhofasphalt unter ihren Füßen.

»Du besuchst Punkt-um mindestens jeden zweiten Tag und du schaust dieses Wochenende bei der Probe unserer Schulband vorbei«, kam es wie aus der Pistole geschossen von Rabatze.

»Das sind aber schon zwei«, krächzte Lucie.

»Was?«

»Bedingungen.«

»Hm«, machte Rabatze. »Und wenn mir beide wichtig sind?«

Lucies Herz verfiel in einen Renngalopp. OMG! OMG! OMG! – Was sollte sie darauf bloß anworten?

Aber vielleicht hatte sie ja Glück, und sie würde innerhalb der nächsten Sekunden an ihrer eigenen Hitze verglühen.

Doch leider hatte das Schicksal kein Mitleid mit ihr. Lucies Wangen brannten nach wie vor. Außerdem klopfte ihr das Herz mittlerweile bis unter die Zunge, sodass sie Angst hatte, anstelle von ganzen Sätzen nur unverständliches Genuschel über die Lippen zu bringen.

»Alle zwei Tage schaffe ich nicht«, presste Lucie mühsam hervor. – Na also: Ging doch! »Zu viele Hausis. Und ich hab ja auch noch Eishockey und Slacklinen.«

»Ach, zum Slacklinen gehen wir am besten zusammen«, meinte Rabatze. »Du holst mich einfach vorher ab.«

Lucie schielte auf Rabatzes T-Shirt, das heute mit den Worten **Nimm 's leicht, nimm mich!** verziert war, und nickte. Das bekam sie vielleicht irgendwie hin.

»Aber am Wochenende kann ich nicht«, schwindelte sie. »Zumindest nicht an diesem Wochenende.«

»Na ja, macht ja nix.« Rabatze grinste schief, und seine dunklen Augen funkelten. »Die nächste Probe mit der Schulband ist sowieso erst am Sonntagnachmittag.« Er neigte den Kopf zur Seite und sah Lucie treuherzig an. »Wenn du dann also nicht gerade auf Verwandtenbesuch bist …«

»Puuuh.« Lucie blähte die Backen. »Das ist gar nicht mal sooo unwahrscheinlich«, erwiderte sie und gab sich abermals große Mühe, alles, nur nicht Rabatze anzusehen und gleichzeitig den Eindruck zu erwecken, als würde das völlig unabsichtlich geschehen. – Was nicht so einfach war! »Seit gestern ist Nonna Dolce Vita, unsere Oma aus Venedig, bei uns zu Besuch.«

»Schon klar«, sagte Rabatze, und obwohl Lucie ihn noch immer nicht anguckte, bemerkte sie, dass das Funkeln in seinen Augen allmählich nachließ. »Ihretwegen musstet ihr Punkt-um ja bei mir unterbringen.«

Nicht bei dir, sondern einfach bloß woanders, hätte Lucie beinahe geantwortet. In letzter Sekunde verkniff sie es sich.

»Genau«, sagte sie stattdessen. »Und es kann sein, dass wir dann am Sonntag alle zusammen zu meinem Opa Pistorix zum Kaffeetrinken fahren. Er backt nämlich die besten Torten der Welt.«

»Okay, ich glaube, so langsam habe ich's kapiert«, stieß Rabatze tonlos hervor, und nun war das Funkeln in seinen Augen völlig verschwunden. »Miriam wohnt in der Hubertusgasse dreiundsiebzig. Das hätte übrigens auch Toby gewusst. Schließlich war er im letzten Schuljahr noch ihr Stellvertreter«, sagte er harsch.

Dann drehte er sich auf dem Absatz um und lief mit zügigen Schritten auf die Eingangstür zu.

Lucie blieb wie ein mehrmals durchs Wasser gezogener Pudel zurück.

So ein verdammter Mist! Sie hatte es vergeigt. Was auch immer Rabatze jetzt von ihr dachte, es war bestimmt nichts Gutes. Und irgendwie hatte er schon recht. Bisher war er immer da gewesen, wenn Lucie ihn brauchte. Und nun ließ sie ihn dermaßen abblitzen. Dabei hatte sie es doch gar nicht so gemeint.

Lucie ballte die Fäuste, kniff die Augen zusammen und verfluchte sich mit einem stummen inneren GRRRUUU-AAARRR!

Hoffentlich bekam sie das wieder hingebogen – und zwar ohne dass Rabatze gleich dachte, dass sie in ihn verschossen war.

An diesem Vormittag redete Alina in jeder unterrichtsfreien Minute über nichts anderes als über ihre geplante Übernachtungsaktion.

»Wenn du keine Lust auf Skaten oder Rollschuhlaufen hast, können wir auch ins Spaßbad fahren«, schlug sie am Ende der letzten Schulstunde vor.

»Hmm.« Lea nickte zögernd. »Mal sehen, worauf wir spontan Lust haben. Es ist ja noch eine ganze Woche hin.«

Alina hakte sich bei ihr unter und zog sie aus dem Klassenraum.

»Was ist denn los mit dir?«, fragte sie und musterte ihre Freundin besorgt. »Du scheinst dich ja überhaupt nicht zu freuen.«

»Ach Quatsch! Natürlich freue ich mich. Und wie!« Lea zwang sich, ein fröhliches Gesicht zu machen. »Aber dieses Wochenende ist eben erst mal Vanessa dran«, sagte sie vorsichtig, schließlich wollte sie Alina nicht verletzen. »Außerdem muss ich ständig an Punkt-um denken«, setzte sie hinzu, als sie merkte, dass ihr das fröhliche Gesicht nicht so recht gelingen wollte.

Alina runzelte die Stirn.

»Glaubst du denn nicht, dass er bei Rabatze gut aufgehoben ist?«, hakte sie nach.

»Doch, schon«, druckste Lea. »Aber es ist ja nun mal nicht seine gewohnte Umgebung.«

»Die hätte er bei uns auch nicht gehabt«, erwiderte Alina und strich sich ihre widerspenstigen Locken aus der Stirn. »Allerdings hättest du ihn ganz oft besuchen können … und dich gleich heute und morgen eigenäugig davon überzeugen können, dass er es gut bei uns hätte. Och, Mensch«, sagte sie mitfühlend. »Ich versteh dich ja! Und es tut mir echt leid, dass ich deine Nachricht zu spät gelesen habe.«

»Ooooch!«, ertönte ein jaulender Stimmenchor hinter ihnen. »Aaarme Lea und aaarme Alina.«

Albernes Getuschel und Gekicher folgte.

Grrr! – Das klang verdammt nach Barbie-Dolls, dem Schicki-Micki-Zicken-Vierer aus der hintersten Bankreihe: Jenny, Ronja, Antonia und Geli»katesse«.

»Los! Lass uns abhauen!«, zischte Lea Alina zu.

Doch ehe die Freundinnen den Beschleunigungsgang einlegen konnten, ging ein kalter Sprühregen über sie nieder. Rund um sie herum glitzerte und funkelte es, und ehe Lea kapierte, wie ihnen geschah, hatte sich bereits eine klebrige goldrosa Glimmerschicht auf ihre Haare, ihre Haut und ihre Klamotten gelegt.

»Iiiih! Seid ihr jetzt total durchgeknallt, oder was?!«, fauchte Alina.

Sie und Lea wirbelten wutschnaubend herum und fanden sich prompt Auge in Auge mit ihren MHEEs (Most Hated Enemies Ever) wieder.

Die Barbie-Dolls waren seit dem Schulwechsel in ihrer Klasse, und es verging eigentlich kein einziger Tag, an dem sie Lea, Alina und auch Lucie nicht tierisch auf den Wecker gingen.

»Was ist denn das für ein ekliges Zeug?«, meckerte Lea und rieb kräftig über ihren Unterarm, um den Glimmerkleber zu entfernen. – Doch keine Chance. Der schimmernd rosafarbene Goldstaub haftete an ihr wie eine zweite Haut. »Das geht überhaupt nicht ab.«

»Das ist ja auch der Sinn der Sache«, erwiderte Jenny gackernd. »Ihr hattet nämlich dringend eine kleine Verschönerungskur nötig.«

Geli nickte eifrig.

»Genau«, sagte sie. »Wir haben schon Sehstörungen, weil wir euch die ganze Zeit angucken müssen.«

»Ts!«, machte Alina. »Denkt ihr vielleicht, es geht uns anders?«

»Nee, bestimmt nicht«, giggelte Ronja. »Ihr guckt euch ja den ganzen Tag freiwillig gegenseitig an. Ein Wunder, dass ihr nicht längst Augenkrebs habt.«

Lea öffnete den Mund, um eine Gegengemeinheit zurückzugeben. Es juckte sie geradezu auf der Zunge zu bemerken, dass es ja wohl an ein Wunder grenze, dass Lucie, Alina und sie beim Anblick der immer gleich glitzerbarbiegestylten Zicken nicht längst tot umgefallen seien, doch sie schluckte die Worte tapfer hinunter.

Allmählich war ihr das einfach zu blöd, zu kindisch und zu unintelligent.

»Wir schicken euren Eltern dann die Rechnung über die Reinigungskosten unserer Klamotten«, sagte sie stattdessen. »Möglicherweise fällt auch noch eine Schmerzensgeldforderung an. Darüber werden wir uns aber erst mal mit einem Rechtsanwalt beraten«, teilte sie ihren verdatterten Klassenkameradinnen mit. »Wie auch immer: Teuer wird's auf jeden Fall.«

Dazu fiel weder Geli, noch Ronja, Antonia oder Jenny etwas ein. Erst als Lea und Alina längst den Gang hinuntergeeilt waren, brüllten die Barbie-Dolls ihnen wütend hinterher: »Macht doch, ihr blöden Arschis! Wenn ihr nicht mal Spaß versteht!«

Lucie fiel fast um vor Lachen, als Lea und Alina auf sie zukamen. Inzwischen war die Wolkendecke aufgerissen, und im Sonnenlicht funkelten die Glimmerpartikel umso mehr.

»Was ist denn mit euch passiert?«, rief sie. »Ihr seht ja aus wie zwei Rauschgoldengel! Fehlen nur noch die Flügel!«

»Haha, lustig«, brummte Lea, und nachdem sie ihrer Schwester ausführlich von der dusseligen Barbie-Dolls-Aktion berichtet hatte, war es auch bei Lucie mit der guten Laune dahin.

»Na warte, diese bescheuerten Weiber!«, fluchte sie. »Denen werde ich den Spaß schon noch verderben.«

»Wieso denn du?«, fragte Alina. »Dir ist doch gar nichts passiert.«

»Hallo!« Lucie schüttelte verständnislos den Kopf. »Ich werde meine liebste Schwester und unsere beste Freundin ja wohl noch rächen dürfen.«

»Nicht nur uns«, murmelte Lea. »Wie es aussieht, gibt es da

neuerdings offenbar noch jemanden, auf den die Barbie-Dolls es abgesehen haben.«

Leise grummelnd deutete sie in Richtung Fahrradunterstand.

Lucie ließ ihren Blick dem ausgestreckten Zeigefinger ihrer Schwester folgen und spürte, wie ihr das Herz in die Hose plumpste.

Denn dort spazierten Ronja, Jenny, Geli und – Rabatze! – angeregt plaudernd nebeneinanderher.

Rabatze auf Abwegen

»Juhuuu!«, erschallte Leas jubelnde Stimme aus dem Badezimmer. »Das Glitzerzeug geht aahaab!«

»Wusst ich's doch«, murmelte Ludovica de Angelis. Sie zwinkerte Lucie, die neben ihr am Herd stand, das Gesicht über den Topf neigte und den köstlichen Duft des Trüffelrisottos in ihre Nase wedelte, zu. »Das Ganze ist kein Klebstoff, sondern Zuckerwasser.«

»Ihr kommt aber auch auf Ideen!«, meldete sich Gerald von Leipnitz zu Wort, der seine Töchter nach Hause kutschiert hatte und inzwischen mit Tischdecken beschäftigt war.

»Was ist eigentlich mit Mama?«, ging Lucie über die Bemerkung ihres Vaters hinweg. »Essen wir heute alle zusammen?«

»Leider nicht«, entgegnete ihre Großmutter. »Meine arme Rosanna kann nicht einmal eine richtige Mittagspause einlegen, weil es zum Wochenende ungewöhnlich viele Blumenbestellungen gibt.«

»Deine *arme Rosanna* wird es überleben«, gab Gerald von Leipnitz zurück. »Sie liebt ihre Arbeit nämlich sehr und freut sich über viele Aufträge.«

»Sie liebt auch ihre Mutter und hätte sicher gerne ein wenig mehr Zeit für sie«, gab Ludovica de Angelis grummelnd zurück. Sie schnappte sich die Topflappen, hievte das Trüffelrisotto schwungvoll zum Tisch hinüber und platzierte es auf dem bunten Häkelfilzuntersetzer. »Leaaa!«, rief sie. »Essen ist fertig.«

»Sollte es nicht vorab noch grünen Salat geben?«, fragte Gerald von Leipnitz und wies auf die weißen Schälchen, die er in die tiefen Teller gestellt hatte.

»Jawohl, das sollte es«, brummte seine Schwiegermutter, während sie sich auf einem der vier Stühle niederließ. »Aber leider macht der sich auch nicht von allein.«

»Okay …« Gerald von Leipnitz schob seine Brauen über der Nasenwurzel zusammen. »Und was heißt das jetzt im Klartext?«

»Salat in der Schleuder, Essig-Öl-Vinaigrette im Kühlschrank«, erwiderte Ludovica de Angelis knapp.

»Aha«, sagte Gerald von Leipnitz und setzte sich in Richtung Anrichte in Bewegung.

»Lass nur, Papa, ich mach das schon«, ging Lucie dazwischen.

Sie war froh, wenn sie so die quälende Frage, was Rabatze mit den Barbie-Dolls zu schaffen hatte, zumindest für einen kurzen Moment aus ihrem Kopf verbannen konnte.

»Meinetwegen«, erwiderte ihr Vater und trat sofort einen Schritt zur Seite, damit Lucie besser an die große bunte Keramikschüssel aus dem Hängeschrank herankam.

Unterdessen stellte Ludovica de Angelis mit einem entschlossenen Handgriff ihr Salatschälchen zur Seite und schaufelte sich eine große Portion von dem Risotto auf den Teller. »Könntest du mir wohl die Käsereibe und den Parmesan rüberreichen, Schätzchen?«

Lucie und ihr Vater tauschten einen unschlüssigen Blick.

»Wer von uns beiden darf sich angesprochen fühlen?«, fragte Gerald von Leipnitz schließlich.

»Na, du ganz bestimmt nicht … *Schätzchen*«, brummte seine Schwiegermutter.

»Tja, und das andere Schätzchen hat leider nur zwei Hände«, meinte Lucie trocken.

»Aber ich kann dir gerne von deinem Stuhl aufhelfen.« Gerald von Leipnitz streckte seiner Schwiegermutter seine Hand entgegen. »Für den Fall, dass du über die Jahre ein wenig schwergängig geworden sein solltest …«, schob er schmunzelnd hinterher.

»Wie bitte? Ich und schwergängig?«, empörte sich Ludovica de Angelis. »Wenn ich muss, springe ich noch immer mit einem Satz über den Gartenzaun«, behauptete sie, und für einen kurzen Augenblick sah es so aus, als wollte sie von ihrem Stuhl hochschießen. »Aber im Moment muss ich das ja nicht«, meinte sie, ergriff ihren Löffel und tauchte ihn in das Risotto.

»Die Trüffel habe ich übrigens mitgebracht«, erklärte sie zwischen zwei Bissen.

»Was sind denn das eigentlich für Tiere?«, wollte Lea wissen.

Sie war auf bloßen Füßen und mit ihrem hellblauen Bademantel bekleidet nahezu lautlos in die Küche gekommen und beugte sich nun skeptisch über den Reistopf auf dem Tisch.

Ludovica de Angelis griff sich an die Brust und sah ihre Enkelin mit weit aufgerissenen Augen an.

»Herrgott, hast du mich erschreckt, Kind!«, beschwerte sie sich.

»Tut mir leid, Nonnilein.«

Lea entschuldigte sich mit einem Wangenkuss.

»Im Übrigen sind Trüffel keine Tiere, sondern Pilze«, fügte ihre Großmutter ein wenig milder hinzu. »Die seltensten und kostbarsten der Welt. Und dazu unheimlich schwer zu finden, weil sie nämlich nahezu ausschließlich unterirdisch wachsen.«

»Genau«, bestätigte Lucie, die mittlerweile die Vinaigrette in die Schüssel gegossen und das Olivenholz-Salatbesteck aus der Schublade gefischt hatte. »Man setzt extra besondere Schweine auf sie an, die sie durch die Erde riechen können und nach ihnen buddeln, weil sie diese Trüffel ebenfalls total lecker finden.«

»Iiiih!« Lea schüttelte sich. »Dann sind die bestimmt schon alle vorgekaut.«

»Unsinn!«, sagte Ludovica de Angelis. Sie ergriff ihre Enkelin am Handgelenk. »Und jetzt setz dich hin und iss, bevor es kalt geworden ist.«

Widerstrebend ließ Lea sich auf ihren Stuhl sinken.

»Ich weiß nicht …«, murmelte sie. »Eigentlich muss ich dringend meine Sachen fürs Wochenende zusammenpacken.«

Gerald von Leipnitz schürzte die Lippen.

»Wirst du eigentlich abgeholt?«, erkundigte er sich.

»Nein«, erwiderte Lea. »Vanessas Eltern sind beide bis zum Abend unterwegs.« Sie schenkte ihrem Vater ihr süßestes Lächeln. »Ich dachte eigentlich, du würdest mich fahren.«

»Ähm …«, setzte Gerald von Leipnitz zum Protest an.

»Klar macht Papa das«, rief Lucie.

Sie zwinkerte ihrer Schwester zu und begann dann sofort damit, den Salat trocken zu schleudern.

Das machte einen solchen Lärm, dass bedauerlicherweise weder sie noch Lea etwas aus dem Mund ihres Vaters verstehen konnten – und dieser schließlich leise fluchend den Parmesan und die Käsereibe hervorkramte.

Während Lucie zwischen dem Chaos, das sich mittlerweile wieder in ihrem Zimmer angesammelt hatte, umhertigerte und sich über Rabatze und die ultrabescheuerten Barbie-Dolls ärgerte, hockte Lea bereits ganz entspannt neben Vanessa auf einer Doppelliege in deren Garten.

»Hast du schon eine Idee, was wir heute und morgen unternehmen können?«, fragte sie und beschirmte ihre Augen mit der Hand, um ihrer Freundin gegen das helle Sonnenlicht besser ins Gesicht sehen zu können. »Außer Rollkunsttraining?«

»Es gibt da eine ganz neue Skateranlage …«, sagte Vanessa zögernd.

Lea nickte.

»Davon hat Alina mir auch schon erzählt.«

Vanessa merkte auf.

»Ach, will sie etwa mit dir dahin?«

»Keine Ahnung«, meinte Lea schulterzuckend.

»Aber wieso erzählt sie dir sonst davon?«, bohrte Vanessa sofort nach.

»Vielleicht dachte sie, dass es mich interessiert.«

»Hm«, machte Vanessa daraufhin nur.

Sie lehnte sich zurück, schloss die Augen und schwieg. Und Lea verfluchte sich dafür, dass sie Alina überhaupt erwähnt hatte. Andererseits hatte Vanessa überhaupt keinen Grund, eifersüchtig zu sein.

Lea mochte ihre Freundinnen absolut gleich gern. Klar, die beiden waren verschieden, aber genau das war ja das Spannende!

»Meine alten Inliner müssten dir eigentlich passen«, sagte Vanessa plötzlich. »Ich habe mittlerweile neununddreißig«, erklärte sie seufzend. »Wetten, dass meine Quadratlatschenfüße bald länger sind als meine Unterschenkel.«

»Das ist doch Unsinn«, erwiderte Lea. »Dann wärst du nämlich so etwas wie ein Monster.«

»Vielleicht bin ich das ja auch«, antwortete Vanessa mit tiefer, heiserer Stimme. »Überleg es dir also gut, ob du heute wirklich bei mir übernachten willst. Es ist nämlich Vollmond.«

»Aha.« Lea kicherte leise. *Das* Thema gefiel ihr schon besser. »Und was genau passiert mit dir bei Vollmond?«

»Ich verwandele mich in ein gruseliges, zotteliges, Menschen verschlingendes Monster«, unkte Vanessa.

Lea gluckste vor Vergnügen. »Glaub ich nicht.«

»Ooouuu, das ist ein Fehler!«

»Ganz sicher nicht. Wenn es so wäre, hätte ich es doch längst schon einmal erlebt«, sagte Lea lachend.

»Du meinst wohl überlebt«, knurrte Vanessa. Sie tat so, als würde sie ihre Zähne fletschen, und drückte ein wenig Spucke durch ihren rechten Mundwinkel. »Außerdem waren wir noch nie in einer Vollmondnacht zusammen. Ich achte nämlich immer sehr darauf, dass das nicht passiert.«

»Iiih, das ist eklig!«, quiekte Lea und deutete auf die Spucke, die mittlerweile an Vanessas Kinn hinunterlief.

»Das soll es ja auch«, erwiderte die Freundin und sog den Spuckefaden schlürfend wieder ein. »Alscho, überleg esch dir gut«, fuhr sie schmatzend fort. »Vielleicht möschtest du ja doch lieber wieder nach Hausche.«

»Auf gar keinen Fall«, entgegnete Lea. Sie ließ ihre Lider auf Halbmast sinken und setzte eine äußerst finstere Miene auf. »Viel zu lange schon habe ich auf diese Nacht gewartet.«

»Oh, du möchtest also gerne verspeist werden!«, stieß Vanessa überrascht hervor.

»Neiiiin!«, antwortete Lea und ließ ihre Stimme mächtig beben. »Ich verwandele mich nämlich ebenfalls. Und bei mir geschieht es nur einmal im Jahr. Sobald der volle Mond sich über die Dächer erhebt, fange ich an zu wachsen. Ich wachse … und wachse … und wachse … und ich habe einen Bärenhunger. Am liebsten futterte ich gruselige, zottelige, Menschen verschlingende Monster. Die knacken so schön im Gaumen.«

Vanessa starrte Lea entgeistert an. Dann lachte sie los.

»Also, wenn ich es nicht besser wüsste, würde ich jetzt glatt denken, dass du Lucie bist!«

»Wer weiß, wer weiß«, orakelte Lea. »Vielleicht bin ich's ja auch.«

Vanessa schüttelte den Kopf, doch Lea konnte am Ausdruck ihrer Augen erkennen, dass sie sich nicht sicher war.

»Wie auch immer«, sagte Vanessa jetzt, »ich werde es herausfinden. Spätestens morgen auf dem Skatergelände.«

Lea zog einen Flunsch. Denn damit hatte Vanessa nun doch wieder ihren Willen gekriegt.

Lucie schob die Klamotten, die sich im Laufe der Woche auf ihrem neongrünen Plüschsessel angesammelt hatten, auf den Boden, ließ sich zwischen die grellbunten Kissen fallen und schloss die Augen.

Sie konnte das Chaos nicht mehr sehen. Zum Aufräumen hatte sie allerdings auch keine Lust. Dabei wurde es höchste Zeit, dass sie mal wieder eine Möbel-Umstellaktion startete. Und zwar inklusive Ausmisten. Im Grunde brauchte sie das ganze Zeug doch überhaupt nicht!

Ein Tablet, ein Handy, die iPhone-Station, ihre Bücher, fünf bis zehn Unterhosen zum Wechseln und ein paar Klamotten reichten ja wohl völlig aus. Den ganzen anderen Krempel würde sie einfach irgendwann auf dem Flohmarkt verkaufen. Das würde nicht nur ihrem Zimmer, sondern auch ihrem chronisch leeren Portemonnaie guttun. – Jawohl!

Für einen kurzen Moment spürte Lucie eine Art Megaenergieschub in sich aufsteigen, der sie quasi aus dem Sessel und dann direkt auf den Kleiderschrank zukatapultierte. Sie öffnete die beiden Mitteltüren, und ein bunter Klamottenhaufen purzelte heraus und fiel ihr direkt vor die Füße.

Hastig drückte Lucie die Schranktüren wieder zu. Sie drehte sich um und hechtete in ihren Sessel zurück. Die Megaenergie verpuffte so schnell wie ein feuchter Furz.

Sich einen ganzen Tag alleine auf den Flohmarkt zu stellen, machte sowieso keinen Spaß. Dass Lea Lust hatte, sie zu begleiten, bezweifelte Lucie nämlich. Ihre Schwester hätte eh nichts zu verkaufen gehabt, weil sie keine überflüssigen Sachen besaß. Außerdem hing Lea am Wochenende meistens mit Vanessa oder Alina ab.

»Alina«, murmelte Lucie.

Vielleicht sollte sie die einfach mal fragen.

Lucie war bereits aufgesprungen, um ihr Handy vom Nachttisch zu fischen, als es an der Tür klopfte.

»Ja?«, rief sie. »Wer ist denn da?«

Anstatt einer Antwort bewegte sich die Klinke langsam nach unten. Die Tür wurde einen Spaltbreit geöffnet, und Ludovica de Angelis steckte ihre Nase herein.

»Jemand zu Hause?«, fragte sie.

»Klar«, erwiderte Lucie. »Hast du mich denn nicht rufen gehört?«

»Zumindest habe ich mir das eingebildet«, gab Ludovica de Angelis zurück. »Aber hier ist ja überhaupt kein Durchkommen«, grummelte sie. »Nicht einmal die Tür kann man aufmachen, ohne dass man Angst haben muss, etwas umzuschmeißen.«

»Ich wollte gerade aufräumen«, beteuerte Lucie und stapfte auf Zehenspitzen über die Klamottenberge hinweg auf ihre Nonna zu.

»Ja, und ich plane in circa einer halben Stunde auf einen Plausch zu deinem Großvater zu fahren und wollte dich fragen, ob du vielleicht Lust hast mitzukommen«, meinte Ludovica de Angelis. »Aber das hat sich nun wohl erledigt.«

»Hm.« Lucie zog die Schultern bis zu ihren Ohren hoch und ließ sie wieder fallen. »Eigentlich hätte ich schon Lust, weil …«

Ludovica de Angelis hob die rechte Augenbraue.

»Weil was?«

»Na ja …«, druckste Lucie. »Die ganzen Sachen hier passen sowieso nicht mehr in meinen Kleiderschrank.«

»Ach so.« Ludovica de Angelis verzog ihre Mundwinkel zu einem schiefen Grinsen. »Und da dachtest du dir wohl, dass du sie auch gleich auf dem Fußboden liegen lassen kannst.«

»Nein«, brummte Lucie. »Natürlich nicht. Was nicht in den Schrank, die Schubladen und die Regale passt, ist sowieso überflüssig.«

»Dieser Gedanke ist vermutlich nicht ganz verkehrt«, pflichtete ihre Großmutter ihr bei.

»Genau.« Lucie nickte. »Und deshalb habe ich mir überlegt, die Sachen auf dem Flohmarkt oder so zu verkaufen.«

Ludovica de Angelis musterte ihre Enkelin skeptisch.

»Um dir von dem Geld, das du damit verdienst, wieder neues Zeug anzuschaffen?«, erkundigte sie sich lauernd.

»Ja … ähm … also«, stammelte Lucie und kratzte sich am Hals.

»Die du dann auch wieder nicht in deinen überfüllten Kleiderschrank einsortieren kannst …«, setzte ihre Großmutter hinzu.

»Na ja, also man kann sich ja auch andere Dinge kaufen«, hielt Lucie sofort dagegen.

»Zum Beispiel?«

»Süßigkeiten«, begann Lucie aufzuzählen. »Oder Kinokarten … oder.«

Sie geriet ins Stocken, denn irgendwie hatte Nonna Dolce Vita schon recht. So viel Geld, wie sie möglicherweise für die ganzen Klamotten bekam, brauchte sie nun wirklich nicht.

»Außerdem hat Lea einen Wunsch!«, platzte es unversehens aus ihr heraus.

»Oh, du willst also deiner Schwester eine Freude machen!«, erwiderte Ludovica de Angelis mit einem Strahlen in den Augen.

Ups! So hatte Lucie das ja nun auch wieder nicht gemeint.

Doch herausgeplatzt war herausgeplatzt, da gab es nun wohl keinen Weg mehr zurück.

»Das finde ich ganz prima«, fuhr ihre Nonna unterdessen fort. »Und ich habe auch schon eine Idee.«

»Ähm …« Auf Lucies Gesicht breitete sich Verwirrung aus. »Aber du weißt doch gar nicht, was Lea sich wünscht«, entgegnete sie.

»Das muss ich auch gar nicht«, meinte Ludovica de Angelis mit einem Zwinkern. »Es sei denn, du verrätst es mir.«

»Ähm …«, sagte Lucie noch einmal.

Einen Moment lang sah ihre Nonna sie erwartungsvoll an, als Lucie jedoch nicht weiterredete, fuchtelte Ludovica de Angelis rasch ein paar nicht vorhandene Fliegen fort und flötete: »Wie dem auch sei … ich würde dir gerne einen Deal vorschlagen.«

»Aha …?« Lucie runzelte skeptisch die Stirn. »Was denn für einen Deal?«

»Du spendest alles, was du nicht mehr brauchst, der Kleiderkammer bei der Caritas, und ich gebe dir dafür …« Sie kniff die Augen zusammen und ließ ihren Blick über das Chaos in Lucies Zimmer schweifen. »… sagen wir mal … zweihundert Euro?«

Lucie blähte die Backen und machte »Puuuh!«.

Mit einem solchen Angebot – und so viel Geld! – hatte sie ja nun überhaupt nicht gerechnet!

»Na gut, zweihundertundfünfzig«, erhöhte Ludovica de Angelis ihr Angebot. »Aber dafür faltest du alles sorgfältig zusammen und sortierst es in große Tüten oder Kartons.« Sie streckte ihrer Enkelin die Hand hin. »Deal?«

»Okay«, krächzte Lucie. »Deal!«

»Gut.« Ludovica de Angelis grunzte zufrieden. »Am besten, du fängst gleich damit an. Und ich fahre alleine zu deinem Großvater. Das ist vielleicht sowieso das Beste«, fügte sie mehr zu sich selbst hinzu.

»Wieso denn das?«, flutschte es Lucie fast ein wenig empört über die Lippen.

»Keine Sorge, das hat überhaupt nichts mit dir zu tun«, beruhigte Ludovica de Angelis ihre Enkelin. »Aber es gibt nun einmal eine Menge Erwachsenendinge zu besprechen.«

Erwachsenendinge! Puha – wie sehr Lucie dieses Wort verabscheute! Und sowieso: In diesem Fall konnte sie sich eh denken, worum es ihrer Nonna ging.

»Damit meinst du wohl Oma Billie und dass Opa Pistorix sie endlich in den Wind schießen soll«, entfuhr es ihr.

»Nun …« Ludovica de Angelis kräuselte die Lippen. »So würde ich es nicht unbedingt ausdrücken. Aber vom Grundsatz her hast du natürlich recht.«

»Dann wünsche ich dir viel Glück«, brummelte Lucie. »Was Oma Billie angeht, ist Opa Pistorix nämlich leider unbelehrbar. Er fällt immer wieder auf sie herein.«

»Also, ich hatte eigentlich nicht den Eindruck, als ob sie ihm noch großartig Hoffnung machen würde«, hielt Ludovica de Angelis nachdenklich dagegen. »Viel mehr befürchte ich, dass er deine Oma noch nicht so richtig loslassen will. Und das, glaub mir, mein Engel, tut auf Dauer niemandem gut. Irgendwann muss man auch mal wieder sein eigenes Leben leben.«

Klar. Lucie senkte betreten den Kopf. In diesen Dingen hatte Nonna Dolce Vita ja leider besonders viel Erfahrung.

»Trotzdem ist Oma Billie eine dumme Kuh«, murmelte Lucie und biss sich erschrocken auf die Unterlippe, als sie merkte, dass ihre Nonna offenbar jedes Wort verstanden hatte.

»Du magst sie wohl nicht, hm?«, bohrte Ludovica de Angelis sofort nach.

Lucie seufzte tief und schüttelte dann schuldbewusst den Kopf.

»Das ist schade, aber beileibe kein Weltuntergang«, hörte sie Ludovica de Angelis sagen. »Kein Gesetz der Welt schreibt einem vor, dass man jemanden lieben muss, bloß weil er zur Familie gehört.«

Lucie schluckte.

Sie war heilfroh, dass ihre Nonna die Sache so gelassen nahm, und einen Atemzug später baumelte sie ihr bereits um den Hals.

»Dich hab ich aber lieb«, sagte Lucie leise.

Ludovica de Angelis drückte ihre Enkelin zärtlich an sich.

»Ich dich auch, mein Engel«, erwiderte sie. »Worauf du dich verlassen kannst! Aber vergiss darüber bloß unseren Deal nicht!«, fügte sie lachend hinzu.

Lucie hatte gerade mal vier T-Shirts und eine Jeans zusammengelegt, als ihr Handy den Eingang einer WhatsApp-Nachricht ankündigte.

Sie war von Lea.

Wir sind jetzt am Skaterplatz, schrieb sie. **Eigentlich hatte ich gar keine Lust, aber es ist echt cool hier ☺ Würde dir garantiert auch gefallen. Aber bitte besser nicht heute!**

Wieso denn das nicht?, fragte Lucie sofort zurück.

Na ja … Ich trau mich gar nicht, dir's zu schreiben. ☹☹☹

Lucies Herz machte einen Satz. Was ihre Schwester da andeutete, konnte doch eigentlich nur mit Rabatze zu tun haben. Das jedenfalls sagte ihr Gefühl, und plötzlich war ihr fast ein bisschen übel. Sie überflog die Sätze hinter den Knatsch-Smileys und tippte mit zitternden Fingern:

Raus mit der Sprache! Ich will DAS wissen! JETZT!

O.k., erwiderte Lea.

Doch dann kam erst mal nichts.

Lucie war bereits kurz davor durchzudrehen, als endlich Leas Nachricht reinploppte.

Rabatze ist auch hier. Mit Inlinern. Und mit Gelikatesse.

Wie jetzt? Lucie schüttelte den Kopf. Sie kapierte gerade gar nichts mehr. Diese Info war einfach zu sperrig, um in ihre Gehirnwindungen zu passen.

Nur Geli?, fragte sie schließlich.

Jap.

Und was machen sie? Inliner fahren?

Geli nicht, antwortete Lea. **Sie reden. Zwischendurch probiert Rabatze was aus. Dann reden sie wieder.**

Und wirklich keine Spur von den drei anderen Barbie-Dolls?, erkundigte Lucie sich hoffnungsvoll.

In diesem besonderen Fall waren vier Zicken in jeder Hinsicht besser als eine allein.

Nope.

Aber sie fassen sich nicht an, oder?

Nicht direkt, antwortete Lea. **Hin und wieder berühren sie sich. Mit den Schultern, den Knien und so.**

Lucies Herz überschlug sich nun fast.

Haben sie dich gesehen?

Glaub nicht.

Na ja, und wenn schon, dachte Lucie bei sich.

Das mit Rabatze hatte sie selbst verkackt. Aber das würde sie schon wieder in Ordnung bringen.

»Gelika*tesse* … ich hau dir eins in die *Fresse*«, murmelte Lucie.

Hatte es jemals etwas gegeben, das sich besser reimte?

Ein Sonntag, der es in sich hat

Am Abend war Lucie todmüde ins Bett gefallen, und am Sonntagmorgen wachte sie dann bereits in aller Herrgottsfrühe auf. Sie hatte schlecht geträumt. Von Rabatze, der mit Gelikatesse auf Tandem-Inlinern durch die Weltgeschichte gerast war und darüber völlig vergessen hatte, sich um Punkt-um zu kümmern. Zum Glück hatte Lucie genau in dem Moment, als der Papagei bis auf die Knochen abgemagert von der Stange kippte, die Augen aufgeschlagen. Hastig raffte sie ihre Klamotten zusammen und flitzte ins Bad.

Sie war noch immer müde, und dafür, dass sie hätte ausschlafen können, war es eigentlich auch noch viel zu früh. Halb neun! Lucie konnte sich nicht erinnern, dass sie jemals an einem Sonntag um diese Zeit aufgestanden war.

Aber sie hatte heute viel vor, und sie war megaaufgeregt deswegen. Wenn alles gut ging, würde sie heute Abend zwei Stunden früher ins Bett gehen und morgen dann hoffentlich endlich wieder topfit sein.

Nachdem Lucie sich eine Zehn-Minuten-Dusche gegönnt hatte, fühlte sie sich einigermaßen munter. Rasch trocknete sie sich ab, putzte die Zähne, cremte sich das Gesicht ein und föhnte ihre dunklen Locken trocken.

Anschließend schlüpfte sie in ihre Sachen – ihre Lieblingsjeans mit dem Loch über dem rechten Knie und das knallgelbe Shirt aus Elastik-Spitze. Sie stellte noch rasch das Fenster auf Kipp, damit der Duschdunst abziehen konnte, und stieß auf dem Flur fast mit ihrem Vater zusammen, der gähnend und mit Kissenknitterfalten-Abdrücken im Gesicht aus dem Elternschlafzimmer geschwankt kam.

»Huch, ein Geist!«, rief er und wich erschrocken zur Seite.

»Na, das Gespenst bist ja wohl eher du«, meinte Lucie grinsend und trabte in die Küche.

Sie genehmigte sich ein ausgiebiges Frühstück, das aus drei Schalen Cornflakes mit Schokostreuseln und Vanillemilch bestand.

Während sie die einzelnen Tagesordnungspunkte im Kopf durchging, räumte sie ihr Geschirr weg und deckte den Tisch für ihre Eltern, Nonna Dolce Vita und Lea. Auf den Teller ihrer Mutter platzierte sie folgende Nachricht:

Bin wahrscheinlich den ganzen Tag unterwegs. Bis später!
Hel, Lucie

Als sie die Wohnung verließ, war es kurz vor halb zehn. Zwei Stufen auf einmal nehmend, lief sie in den Keller hinunter, schnappte sich ihr Fahrrad und transportierte es im Aufzug nach oben.

Sosehr Lucie sich auch wegen Punkt-um sorgte, als Erstes stand Miriam auf dem Programm.

Dummerweise lag die Hubertusgasse so ziemlich in der entgegengesetzten Richtung von Rabatzes Zuhause. Selbst wenn Lucie ordentlich in die Pedale trat, würde sie an diesem Vormittag wohl fast zwei Stunden auf dem Fahrrad verbringen.

Zu allem Überfluss blies ihr auf der Hinfahrt auch noch ein kräftiger Gegenwind ins Gesicht und erschwerte das Fortkommen zusätzlich. Eine dichte dunkle Wolkendecke trieb über den Himmel, und Lucie war heilfroh, dass sie wenigstens trocken blieb.

Um zwanzig nach zehn drückte sie in der Nummer dreiundsiebzig bei Bieberfeld auf die Klingel. Lucie wartete und wartete … fünfzehn Sekunden, zwanzig … fünfundzwanzig … Grrr! Wenn jetzt niemand öffnete … Aber dann, als sie die Hand gerade erhoben hatte, um ein zweites Mal zu läuten, ertönte der Summer.

Lucie schob die Tür auf und schlüpfte ins Treppenhaus. Gleich im Parterre erschien ein kleiner rundlicher Mann mit dichten hellbraunen Locken, der ihr skeptisch entgegenblickte.

»Guten Morgen, Herr Bieberfeld«, sagte Lucie. »Ich möchte zu Miriam. Ist sie da?«

»Hallo«, erwiderte Herr Bieberfeld. »Und wer bist du? Eine Schulkameradin?«

Lucie nickte.

»Eine ehemalige allerdings«, antwortete sie wahrheitsgemäß. »Mein Name ist Lucie von Leipnitz, und ich würde gerne …«

»Ich glaube nicht, dass meine Tochter mit dir sprechen möchte«, fiel Herr Bieberfeld ihr ins Wort.

Seine Stimme klang zwar nicht abweisend, allerdings auch nicht besonders freundlich.

»Es ist aber wichtig«, sagte Lucie. »Vielleicht könnten Sie sie kurz fragen, ob sie nicht doch zwei, drei Minuten Zeit für mich hat.«

»Ist schon in Ordnung, Paps«, ertönte eine Mädchenstimme, und nur einen Lidschlag später streckte Miriam ihren Kopf zur Tür heraus und richtete ihren Blick auf Lucie. »Hallo, Zwillingsmädchen, komm rein, wenn du magst.«

»Hi, Miriam, ich bin Lucie«, stellte Lucie sich noch einmal vor, während sie ihrer früheren Schulkameradin durch eine breite Diele in ein kleines, aber sehr gemütlich eingerichtetes Zimmer folgte.

Miriam bedeutete ihr, dass sie sich in einen der beiden dunkelroten Sitzsäcke hocken sollte, und fragte: »Du gehst jetzt in meine alte Klasse, stimmt's?«

»Ja.« Lucie nickte abermals. »Eigentlich, weil ich mit dir tauschen sollte, aber dann warst du plötzlich weg.«

»Es ging nicht anders«, erklärte Miriam. Sie ließ sich in den zweiten Sitzsack fallen und musterte Lucie forschend. »Ihr seht euch wirklich verdammt ähnlich, deine Schwester und du«, meinte sie. »Ich habe euch nie auseinanderhalten können.«

»Mach dir nichts draus«, gab Lucie zaghaft grinsend zurück. »Nicht mal unsere besten Freundinnen können es immer. Und unser Opa ist auch nicht besonders gut darin.«

Miriam grinste kurz zurück und senkte dann den Blick.

»Wieso bist du gekommen?«, wollte sie wissen.

»Wieso ging es nicht anders?«, fragte Lucie exakt zur gleichen Zeit.

Die Mädchen sahen sich an und lachten.

»Okay, eigentlich ist es nicht besonders lustig«, sagte Miriam. »Sie haben mir gedroht.«

Bei Lucie blinkten sofort sämtliche Alarmlampen auf.

»Wer? Finn, Can und Niko?«

»Keine Ahnung«, erwiderte Miriam.

Verdutzt horchte Lucie auf. »Du weißt es nicht?«

»Nein.« Miriam schüttelte den Kopf. »Aber ich vermute es. Haben sie dich auch schon …?« Sie brach mitten im Satz ab und starrte auf ihre Finger, die sie so fest ineinander verschränkt hatte, dass die Knöchel weiß unter der Haut hervortraten.

Lucie beugte sich Miriam gespannt entgegen. »Was?«

»Ach, ich weiß gar nicht, wie ich es ausdrücken soll«, antwortete diese stockend. »Es ist irgendwie so schwer zu erklären.«

»Ich glaube, ich weiß, was du meinst«, sagte Lucie. »Man kann ihnen nichts recht machen, und sie versuchen irgendwie ständig, einem Steine in den Weg zu legen. Sogar den Lehrern. Gerade erst haben sie es geschafft, dass unsere Klasse beim Schulfest in der übernächsten Woche keine Gemeinschaftsaktion auf die Beine stellt.«

»Das ist so typisch!«, presste Miriam hervor. »Sie sabotieren einfach alles. Und zwar immer so, dass man nichts dagegen unternehmen kann. Ich hab's ja versucht, aber damit habe ich mir echt keinen Gefallen getan.«

»Weil was passiert ist?«, hakte Lucie sofort nach.

»Alles Mögliche.« Miriam seufzte. »Mal fehlten ein paar Seiten in meinem Mathebuch. Mal war mein Sportzeug mit Tapetenkleister verschmiert.«

Lucie stieß einen Schwall Luft aus.

»Aber natürlich konntest du nicht beweisen, dass es auf die Kappe von Finn und Co. ging.«

»Nee«, sagte Miriam, »das konnte ich nicht. Und außer Herrn Senfig hat mir auch kein Lehrer geholfen. Aber den haben sie zum Dank dafür dann leider auch fertiggemacht, haben Lügen über ihn verbreitet, von wegen, er würde Schüler in Landkarten einwickeln und so ein Mist.«

»Das stimmt also gar nicht?«

Lucie war wie vor den Kopf gestoßen, denn diese Story kannte sie logischerweise auch. Wie ein Lauffeuer hatte sie sich vor einigen Monaten in der Schule verbreitet, woraufhin Herr Senfig seinen Ruf natürlich ruck, zuck weggehabt hatte.

»Das meiste von dem, was rumerzählt wurde, ist nicht wahr«, bestätigte Miriam. »Okay, er kann sich Namen nicht besonders gut merken, und wenn ihm alles zu viel wurde, ist er auch schon mal ausgerastet. Aber sonst ist Herr Senfig eigentlich voll lieb.«

»Aha«, sagte Lucie und versuchte ein wenig Ordnung in all das zu bringen, was ihr gerade durch den Kopf ging. »Trotzdem verstehe ich nicht, warum niemand die Jungs beim Direx gemeldet hat. Eigentlich hätte man ihretwegen längst eine Klassenkonferenz einberufen müssen.«

»Mhm.« Miriam kniff die Mundwinkel ein. »Das sehe ich genauso. Blöd ist nur, dass man Can, Niko und Finn wohl nie etwas nachweisen konnte. Ich vermute sogar, dass sie vieles gar nicht selbst gemacht, sondern andere Schüler dazu angestiftet und anschließend Drohbriefchen verteilt haben, damit bloß keiner etwas verrät.«

Allmählich wurde Lucie so einiges klar.

»Herr Senfig ist übrigens nicht der einzige Lehrer, der deine Geschichte glaubt«, sagte sie.

»Ich weiß«, erwiderte Miriam. »Er hat im Lehrerzimmer wohl mal ein paar Andeutungen gemacht, in der Hoffnung dass es noch ein paar Kollegen gibt, die ähnliche Dinge erlebt haben. Aber der Einzige, der darauf angesprungen ist, war dein Vater. Nach der Sache mit meinem Bruder hat er sogar selber vorgeschlagen, dass es besser wäre, wenn ich die Schule wechsele.«

Moment mal! – Lucie krauste die Stirn.

»Was hat denn dein Bruder damit zu tun?«

Miriam schluckte. Ihr Blick wanderte im Zimmer umher, und als sie Lucie wieder ansah, standen Tränen in ihren Augen.

»Sie haben Lukas nach dem Unterricht abgefangen«, erzählte sie mit belegter Stimme. »Da war er noch in der dritten. Keine Ahnung woher sie wussten, dass ich einen Bruder habe und auf welche Schule er geht. Und sie haben ihn zum Glück auch nicht schlimm gehauen, sondern eigentlich bloß rumgeschubst, bis er in einer piksigen Hecke gelandet ist. Dann haben sie ihm einen Zettel zugesteckt, den er mir geben sollte.«

»Und darauf stand was?«, hakte Lucie sofort nach.

»Dass ich mich verpissen soll, wenn ich nicht will, dass Lukas noch mehr passiert.«

Mannomann! Lucie blähte die Backen. Das war ja vielleicht eine heftige Geschichte! Und ihr Vater hatte davon gewusst und sie einfach in die Höhle des Löwen geschickt.

»Ich glaube übrigens nicht, dass sie jemals jemandem etwas wirklich Schlimmes antun würden«, setzte Miriam hinzu. »Sie haben einfach bloß Spaß daran, andere zu schikanieren und dabei undercover zu bleiben. Wer ist denn bei euch jetzt eigentlich Klassensprecher? Toby?«

»Ja, auch«, sagte Lucie. »Er ist mein Stellvertreter.«

»Tja, dann macht euch mal auf was gefasst«, orakelte Miriam.

»Also, bis jetzt ist nichts gewesen«, gab Lucie zurück. »Außer eben mehr so allgemeine Sachen. Vielleicht hat mein Vater mich deshalb in die a gesteckt … weil er denkt, dass sie sich an mich nicht herantrauen.«

Zumindest wäre dies ein Grund, den sie nachvollziehen und ihm irgendwie auch verzeihen konnte. Sauer war Lucie trotzdem. Die Butterkekse hätten auf jeden Fall mit ihr darüber reden und sie vorwarnen müssen!

»Das glaube ich eher nicht«, sagte Miriam. »Im Gegenteil: Ich würde wetten, dass die Tatsache, dass du eine Lehrertochter bist, sie umso mehr anspornt. Garantiert brüten sie schon längst ein ganz spezielles Ei für dich aus. Denn eins ist mal klar: So eine wie dich werden sie ganz sicher nicht auf Dauer als Klassensprecherin akzeptieren.«

Lea brauchte ungefähr eine Stunde, um den Kampf gegen ihren inneren Schweinehund zu gewinnen.

Eigentlich hatte sie bereits beschlossen gehabt, sich nicht bei Frau von Würz zu melden, um sich bei ihr als Hundesitterin für ihre Connydora zu bewerben. Im Grunde war das Ganze doch eh eine Schnapsidee gewesen, fand sie, und wenn Lucie nicht in ihrer Kladde geschnüffelt hätte, hätte Lea mit dem Geldverdienen wahrscheinlich sowieso niemals Ernst gemacht.

Nachdem Lucie ihr gestern allerdings, nachdem sie von Vanessa zurückgekehrt war, gefühlte hundertmal vorgerechnet hatte, wie viel Geld sie theoretisch damit verdienen konnte, hatte Lea sich das Ganze noch einmal gründlich durch den Kopf gehen lassen.

Inzwischen trennten sie nur noch wenige Meter vom Nachtigallenweg.

Nummer fünf, hatte Lucie gesagt. Ein hellgrünes dreistöckiges Haus sollte es sein, mit weißen Sprossenfenstern, dunklen Fensterläden und prächtigen orangeroten Rosen im Vorgarten.

»Du kannst es gar nicht übersehen.«

Lucie sollte recht behalten. Lea hatte die Straßenecke noch nicht ganz erreicht, da stach ihr die riesige Stadtvilla bereits ins Auge. Lea schüttelte alle restlichen Bedenken ab. Was hatte sie schon zu verlieren, außer dass Frau von Würz ihre Dienste ablehnte? Überhaupt nichts!

Sie atmete noch einmal tief durch, überquerte mit entschlossenen Schritten den Nachtigallenweg und hielt auf das prunkvolle schmiedeeiserne Tor zu.

Rechts und links davon gab es Pfosten aus weißen Mauersteinen, in die die Halterungen für die Torflügel eingelassen waren, und an einem davon waren auch die Hausnummer, eine Gegensprechanlage und untereinander drei Klingelschilder angebracht.

D. von Würz
Jankowski
H. von Würz

Komisch, dachte Lea. Hatte Lucie nicht erzählt, dass diese Henriette von Würz und die kleine Connydora ganz allein in diesem riesigen Haus wohnten? Sie zögerte noch einen Moment, dann fasste sie sich ein Herz und drückte auf den untersten Klingelknopf.

Eine halbe Ewigkeit passierte überhaupt nichts, und Lea wollte es schon als Wink des Schicksals betrachten und sich abwenden, da klackte es plötzlich in der Gegensprechanlage, und eine ziemlich unfreundliche Frauenstimme polterte: »Was willst du?«

Am liebsten hätte Lea sich auf dem Absatz umgedreht und wäre davongelaufen, doch sie riss sich zusammen.

»Guten Tag, sehr geehrte Frau von Würz«, sagte sie höflich und deutete sogar einen Knicks an. »Ich möchte mich Ihnen gerne vorstellen.«

»Wozu?«, herrschte die Stimme sie an. »Wir kennen uns doch schon. Ich hatte eigentlich deine Schwester erwartet. Ihr Besuch wäre mir im Übrigen schon vor zwei Tagen recht gewesen. Zurzeit bin ich sehr schlecht zu Fuß. Und Frau Jankowski kommt mit Connydora leider überhaupt nicht zurecht.«

»Das tut mir leid«, erwiderte Lea. »Also, das mit Ihrem Fuß und Frau Jankowski. Es ist nur so: Ich bin die Schwester meiner Schwester. Ähm … wir sind nämlich Zwillinge.«

Die Stimme in der Gegensprechanlage schwieg.

»Hallo?«, rief Lea nach einer Weile. »Sind Sie noch da?«

»Ja, natürlich! Ich denke nach.«

»Okay«, murmelte Lea.

Ich kann warten, fügte sie in Gedanken hinzu und guckte auf ihre Schuhe. Oh, verflucht! Sie hatten einen dunklen Schmutzrand an der Seite.

Lea spuckte auf ihre Fingerkuppen und rieb hektisch darüber.

»Was machst du denn da?«, fragte die Frauenstimme. »Hast du deine Schuhe etwa nicht geputzt?«

Lea schnellte hoch.

»Beobachten Sie mich?«, entfuhr es ihr.

»Selbstverständlich«, erwiderte die Stimme. »Am Haus befindet sich eine Kamera. Ich kann schließlich nicht jeden hereinlassen.«

»Oh«, sagte Lea. »Na klar.«

»Ich danke dir für dein Verständnis«, sagte die Frauenstimme. »Sind deine Schuhe jetzt sauber?«, wollte sie wissen.

»Na ja …« Lea betrachtete sie von allen Seiten. »So einigermaßen.«

»Dann zieh sie bitte aus, sobald du die Diele betreten hast«, verlangte die Stimme.

Bevor Lea etwas entgegnen konnte, öffnete sich unter einem leisen Surren der linke Torflügel. Mit klopfendem Herzen setzte sie ihren Fuß auf das fremde Grundstück. Ein gewundener Plattenweg führte auf den Hauseingang zu, der sich unter einem Vordach befand.

Lea hatte kaum drei Schritte gemacht, da hörte sie, wie das Tor hinter ihr zuschnappte.

Jetzt bist du gefangen, durchzuckte es sie, und schon bereute sie es, dass sie weder Lucie noch ihren Eltern oder Vanessa gesagt hatte, wo sie hingegangen war.

Lucie wird es sich schon denken können, redete sie sich gut zu. Außerdem war diese Henriette von Würz bestimmt keine Hexe. Die gab es schließlich nur in Geschichten. Das hoffte Lea zumindest.

Um den Absatz unter dem Vordach zu erreichen, musste sie fünf Treppenstufen hinaufsteigen. Die dunkelgrüne Tür war hoch und breit. Sie hatte ein geriffeltes Glasfenster. Dahinter befand sich ein heller Vorhang, der in diesem Moment zurückgezogen wurde.

Süßer Rosenduft hüllte Lea ein. Dann ging die Tür auf, und ein kleines weißes Etwas sprang wie verrückt an ihren Beinen hoch.

»Connydora! Hierher!«, befahl die Stimme, und Lea bemerkte eine hagere Gestalt, die sich aus dem Dunkel der Diele schälte.

»Ach, lassen Sie sie nur«, meinte Lea lachend. »Ich mag Hunde total gern, und Ihr kleiner Engel ist ja so niedlich!«

»Woher weißt du, wie ich sie nenne?«

»Ähm ...« Lea, die in die Hocke gegangen war, um den kleinen Malteser zu streicheln, hob den Kopf und blickte geradewegs in ein Paar haselnussbraune Augen, die sie durch die halbrunden Gläser einer rahmenlosen Brille aufmerksam musterten. »Das hat mir meine Schwester erzählt. Lucie. Sie war völlig hin und weg von Connydora.«

»So, so, dann komm doch mal herein zu mir«, erwiderte Henriette von Würz.

Sie trug ein adrettes rostrotes Blumenkleid, eine dunkelblaue Feinstrickjacke und braune Samtpantoletten. Ihr halblanges weißgraues Haar war akkurat frisiert und verströmte den gleichen Duft wie die Rosen im Vorgarten.

»Eigentlich hatte ich mir eine Studentin vorgestellt und kein Kind«, sagte Henriette von Würz.

Lea nickte.

»Ich weiß. Und das ist auch der Grund, weshalb ich erst heute zu Ihnen komme«, erklärte sie. »Zuerst wollte ich eigentlich gar nicht, aber dann dachte ich, dass es unhöflich ist.«

»Ja, das wäre es in der Tat gewesen«, gab Henriette von Würz zurück. »Und ich hätte es deiner Schwester hoch angerechnet, wenn sie mir gleich die Wahrheit gesagt hätte. Aber jetzt ist es nun einmal, wie es ist. Meine Beine machen mir ein wenig zu schaffen, und ich benötige dringend jemanden, der Connydora ausführt. Sonst stellt sie mir noch das ganze Haus auf den Kopf.«

»Ja, also …« Unschlüssig deutete Lea auf ihre Schuhe. »Soll ich die jetzt ausziehen?«

»Nein, du kannst sie anlassen«, erwiderte die alte Dame. »Ich werde Connydora anleinen. Und du wirst die Leine nicht lösen, hast du gehört?«

Lea nickte.

»Es ist jetzt …« Henriette schob ihren Ärmel zurück und schaute auf die winzige goldene Uhr an ihrem Handgelenk » … drei Minuten nach elf. In exakt anderthalb Stunden erwarte ich euch zurück.«

Beim Abschied bedankte sich Lucie unzählige Male bei Miriam dafür, dass sie so offen mit ihr über die ganze Sache geredet hatte. Erst als sie wieder auf der Straße stand und ihr Fahrrad aufschloss, merkte sie, wie durcheinander sie war.

Was hatte sich der Butterkeks bloß dabei gedacht, sie dermaßen ahnungslos in diese Klasse zu schicken? Er hatte mit Miriam gesprochen und mit Herrn Senfig, nur nicht mit ihr. Was sollte sie jetzt nur tun? Nach Hause fahren und ihn zur Rede stellen? Oder wie geplant zu Rabatze radeln, sich irgendwie bei ihm entschuldigen – natürlich ohne Gelikatesse und ihre Barbie-Freundinnen zu erwähnen, sonst dachte er womöglich noch, sie wäre eifersüchtig – und mit ihm darüber beraten?

Da sie so oder so erst mal dieselbe Richtung einschlagen musste, hob Lucie sich in den Sattel und strampelte los. Unterwegs überlegte sie, wie Lea an ihrer Stelle wohl vorgehen würde. Zu gerne hätte sie ihre Schwester um Rat gefragt, aber dann hätte sie ihr via WhatsApp alles haarklein erklären müssen, und das fand sie viel zu umständlich.

Außerdem rückte die Zeit unerbittlich auf Mittag zu. Schon bald würde sie bei den Jenyats nicht mehr läuten dürfen, wenn sie nicht total unhöflich sein wollte. Und damit war die Entscheidung gefallen.

Lucie legte sich flach über den Lenker und gab ordentlich Gas. Auf den Radwegen hatte sie kaum Gegenverkehr, sodass sie sehr viel schneller vorankam, als sie gedacht hatte. Dennoch stand die Uhr bereits auf zehn nach zwölf, als sie völlig aus der Puste vor Rabatzes Haus ankam. Und wahrscheinlich hätte sie sich tatsächlich nicht getraut, den Finger auf die Klingel zu legen, wenn Punkt-um nicht so ein Geschrei veranstaltet hätte, das bis auf die Straße hinunter zu hören war.

»Alle zuhöööören, bitteeee!«, kreischte er. »Hiiilfeeee!«

Unmittelbar danach ertönte ein Geräusch, als würde jemand erwürgt.

OMG! Rabatze ließ seine Enttäuschung wegen ihr doch wohl hoffentlich nicht an dem Papagei aus!

»Ich komme!«, brüllte Lucie. »Hab keine Angst!«

Sicherheitshalber drückte sie auf mehrere Klingeln – für den Fall, dass bei Jenyat niemand öffnete – und hibbelte nervös von einem Bein aufs andere. Als der Summer ertönte, stieß sie sofort die Tür auf, und während sie die Treppen hinaufhastete, entschuldigte sie sich bei jedem, der den Kopf aus seiner Wohnung streckte.

»Tut mir leid, ich will eigentlich zu Familie Jenyat.«

»Ich habe keine Angst!«, rief Rabatze von oben herunter. Er hatte sich über das Geländer gelehnt und sah ihr mit einem breiten Grinsen entgegen. »Ich freue mich.«

Lucie überhörte den letzten Satz.

»Ich meine doch nicht dich«, schimpfte sie, »sondern Punkt-um! Was habt ihr mit ihm gemacht?«

»Gar nichts.« Rabatze hob beide Hände zum Schwur. Auf seinem sonnengelben T-Shirt stand in dunkelbraunen Buchstaben: **Achtung! Klugscheißer mit Ideendurchfall**. »Er lauscht meinen Hörbuch-Geschichten. Das liebt er. Er kriegt gar nicht genug davon.«

Lucie starrte auf Rabatzes T-Shirt.

»Mann!«, fauchte sie. »Was hörst du dir denn für schreckliche Sachen an!«

Prompt verschwand das Grinsen aus seinem Gesicht.

»Jetzt werd doch nicht gleich wieder sauer«, bettelte er. (Ja, das tat er, und DAS überhörte Lucie nicht.) »Euer Papagei hat auch nette Sachen gelernt.«

Lucie wies auf den T-Shirt-Spruch.

»Das ist nicht witzig!«

»Ich zieh sofort ein anderes an«, versprach Rabatze. »Du kannst dir eins aussuchen. Hauptsache, du kommst rein. Ich freu mich nämlich wirklich.«

»Ich muss mit dir reden«, sagte Lucie. »Und das ist auch nicht witzig.«

»Okay.« Rabatze hob ergeben seine Hände. »Alles, was du willst.«

»Es geht um eine ziemlich ernste Sache«, betonte Lucie. »Und um Punkt-um natürlich auch.«

Rabatze nickte.

»Ich hab's kapiert«, erwiderte er. »Glaub ich zumindest. Allerdings habe ich keine Lust, das alles hier im Treppenhaus mit dir zu erörtern. Sonst haben wir hier nämlich gleich jede Menge Publikum.«

Mit diesen Worten packte er Lucie am Handgelenk, zog sie über die Schwelle und drückte die Tür mit dem Fuß hinter ihnen zu.

Dumme Sprüche … und nichts dahinter?

Im ersten Augenblick hatte Lea gar nicht gewusst, wie ihr geschah, und im nächsten hatte sie bereits wieder in Henriette von Würz' Vorgarten gestanden, die kleine weiße Connydora neben sich an der Leine, die aus dunklen Knopfaugen erwartungsvoll zu ihr hinaufguckte.

Leas Plan war natürlich ein ganz anderer gewesen. Eigentlich hatte sie erst mal nur reden, wohlüberlegt die erste Ausgehstunde verabreden und auch die Bezahlung festlegen wollen. Doch Henriette von Würz hatte sie einfach überrumpelt. Und jetzt sollte sie anderthalb Stunden mit einem Hund verbringen, den sie gerade mal fünf Minuten kannte.

Himmel noch mal! Logischerweise würde Lea Connydora nicht von der Leine lassen. Nicht eine einzige Sekunde! Diese Ermahnung hätte sie nun wirklich nicht gebraucht!

Aber egal. Es war nun einmal so, wie es war, und Lea würde das Kind schon schaukeln.

Mittlerweile waren von den anderthalb Stunden dreiundsechzig Minuten vergangen, und noch immer trippelte Connydora artig neben Lea her.

Die kleine Malteserhündin schnupperte so ziemlich an jedem Baum und jedem Laternenpfahl, pinkelte eine Pfütze, die fast ebenso groß war wie sie selbst, mitten auf die Pflastersteine, und legte anschließend noch einen respektablen Haufen dazu.

»Schei … benkleister!«, presste Lea leise hervor.

Was hätte sie jetzt nicht alles für eine Tarnkappe gegeben!

Aber leider meinte das Schicksal es gar nicht gut mit ihr, denn es schickte ausgerechnet in diesem Moment einen Fahrradfahrer und zwei Fußgängerinnen an ihr vorbei.

Der Radfahrer klingelte wie verrückt und deutete auf ein Gebüsch, das sich auf einer kleinen Grünanlage zwischen den Wohnhäusern befand.

Ja toll!, dachte Lea. Wenn ich geahnt hätte, was Connydora vorhat, hätte ich sie garantiert dorthin gezerrt. Und zwar rechtzeitig – und nicht erst, wenn ihr die Hälfte der Bescherung bereits aus dem Hintern hängt!

»Warum gehst du denn nicht auf die Hundetoilette?«, fragte eine der beiden Fußgängerinnen, während die andere kopfschüttelnd und mit gerümpfter Nase weiterging.

Lea tippte auf ihre Brust. »Wieso denn ich?«

»Na ja, ich meine eigentlich deinen Hund«, korrigierte sich die Fußgängerin mit einem Lächeln.

Sie war ungefähr so alt wie Leas Mutter, trug eine Jeans und eine karierte Bluse und hatte ihre langen blonden Haare zu einem dicken Seitenzopf geflochten.

»Der gehört nicht mir, sondern …«

»Frau von Würz, ich weiß«, fiel die Frau Lea ins Wort. »Hat sie dir denn nicht gesagt, wo sich Connydoras Lieblingstoilette befindet?«

Lea schüttelte den Kopf. Und dann fingen auch noch ihre

Augen an zu brennen. Meine Güte – wie albern war das denn! Jetzt konnte sie Frau von Würz nicht mal richtig ansehen.

»Hast du auch sonst nichts dabei?«, wollte sie wissen. »Keine Tüte, keine Papiertaschentücher?«

»Nein«, sagte Lea.

Connydora trippelte schwanzwedelnd zwischen ihr und der Frau hin und her.

»Ich bin Frau von Würz' Haushälterin«, erklärte diese nun. »Mein Name ist Jankowski. Martyna Jankowski.«

Sie öffnete ihre Handtasche, kramte leise, in einer fremden Sprache fluchend, darin herum und zog schließlich ein benutztes Taschentuch daraus hervor, mit dem sie den Haufen vorsichtig von den Pflastersteinen aufnahm.

Bah! – Lea schüttelte sich.

»Mit einer kleinen Tüte geht das natürlich viel besser«, meinte Martyna Jankowski achselzuckend. »Normalerweise gibt es die an jeder Hundetoilette.« Sie wies jetzt ebenfalls zur Grünanlage. »Dort auf der Wiese hinter dem Gebüsch ist übrigens eine.«

»Oh!«, sagte Lea.

»Leider handelt es sich dabei nicht um Connydoras Lieblingsörtchen«, fuhr die Haushälterin fort und reckte ihr Kinn in die Richtung, aus der Lea gekommen war. »Das befindet sich im Starenweg.«

»Oh«, sagte Lea noch einmal. »Vielen Dank. Frau von Würz hat mir leider überhaupt nichts erklärt. Bloß dass ich Connydora auf keinen Fall von der Leine lassen soll.«

»Hm.« Martyna Jankowski betrachtete nachdenklich den

eingepackten Hundehaufen in ihrer Hand. »Das sieht ihr ähnlich.«

Lea runzelte die Stirn.

»Wie meinen Sie das?«

»Na ja, als ich bei ihr angefangen habe, hat sie mir auch nicht gesagt, wo sie das Bügelbrett, die Küchenmaschine oder die Reinigungsutensilien aufbewahrt. Das musste ich alles selber herausfinden«, erwiderte die Haushälterin. »Ich glaube, sie wollte mich testen. Zum Glück habe ich die Prüfung bestanden. Wenn man sich nämlich einmal ihren Respekt und ihr Vertrauen verdient hat, lässt sie nichts mehr auf einen kommen. Abgesehen davon ist Frau von Würz ausgesprochen großzügig. Nie zuvor bin ich in einer Anstellung so gut bezahlt worden.« Martyna Jankowski zwinkerte Lea zu. »Vielleicht würdest du rasch in den Starenweg flitzen und eine Tüte holen? Ich passe solange auf Connydora auf.«

»Ich weiß nicht«, antwortete Lea zögernd. »Ich glaube … lieber nicht.«

Einen Atemzug lang hatte es den Anschein, als wollte Henriette von Würz' Haushälterin eine Schimpfkanonade auf sie loslassen, aber dann lächelte sie plötzlich.

»Herzlichen Glückwunsch, Kleine«, sagte sie. »Du lernst wirklich schnell. Hätte unsere Chefin das mitangehört, hättest du deine Prüfung jetzt mit Glanz und Gloria bestanden. Aber ich werde auch so ein gutes Wort für dich einlegen.«

»D-danke«, stammelte Lea. »Das ist wirklich sehr nett …«

Mit einem Schlag fiel ihr siedend heiß ein, dass sie schon seit einer Ewigkeit nicht mehr auf die Uhr gesehen hatte. Hoffentlich hatte sie die Ausführzeit nicht bereits überschritten! Hastig zog sie ihr Smartphone hervor. Es zeigte 12:31 an.

Hilfe! Nur noch zwei Minuten!

»I-ich muss jetzt sofort los«, stieß Lea hervor. »T-tut mir leid.«

Sie setzte sich in Bewegung, und Connydora folgte ihr schwanzwedelnd.

»Um wie viel Uhr sollst du denn zurück sein?«, erkundigte sich Martyna Jankowski, die ebenfalls mit ihr Schritt hielt.

»Um drei Minuten nach halb eins«, erwiderte Lea keuchend und legte noch einen Zahn zu.

»Warte mal! Wir gehen zusammen«, rief die Haushälterin. »Ich werde Frau von Würz dieses gut gefüllte Taschentuch unter die Nase halten und ihr sagen, dass sie nicht einfach ein kleines Mädchen mit Connydora losschicken kann, ohne ihr genaue Anweisungen zu geben.«

Lea schüttelte den Kopf.

»Ich glaube, sie hat gedacht, dass ich Erfahrung mit Hunden habe«, sagte sie zerknirscht. »Ich möchte mich jetzt lieber beeilen.«

»Aber irgendwo muss ich mit diesem Haufen doch hin«, entgegnete Martyna Jankowski. »Ich kann ihn ja schlecht so in einen Müllkorb werfen. Ohne Tüte!« Sie verdrehte die Augen. »Stell dir nur vor, jemand sucht darin nach Pfanddosen. Außerdem«, setzte sie hinzu, »schaffst du es sowieso nicht mehr rechtzeitig. Selbst wenn du jetzt rennen würdest, als ob du einen Olympia-Rekord brechen wolltest.«

»Das hier!«, sagte Lucie und zeigte auf ein hellblaues T-Shirt, das mit einem rosa Spruch versehen war: ***heul* Ich will meinen Schnuller wiederhaben!!!**

»Nein.« Rabatze schüttelte energisch den Kopf. »Jedes andere, aber nicht das.«

»Doch!«

»Nein!!!«

Rabatze machte Anstalten, es zusammenzuknüllen und in der untersten Schublade seiner Kommode zu verstauen, aber Lucie riss es ihm aus der Hand.

»Du hast versprochen, dass ich mir eins aussuchen darf«, beharrte sie. »Und ich will dieses. Und zwar *nur* dieses.«

»Grrr!«, machte Rabatze. »Du bist so bockig wie ein kleines Kind.«

»Aber du nicht, was?«, erwiderte Lucie. »Abgesehen davon: Strafe muss sein.«

»GRRRRR!«, krakeelte Punkt-um. »Kleeeiiines Kind. Hiiilfeee!«

»Siehst du: Er plappert dir jedes Wort nach«, knurrte Lucie. »Er muss unbedingt andere Sachen lernen.«

»Hat er doch längst«, sagte Rabatze und schlüpfte hastig in ein beigefarbenes Shirt, auf dem der Spruch **Das Innere der Leberworscht ist noch gänzlich unerforscht** prangte. »Pass auf, ich …«

Weiter kam er nicht, denn Lucie befahl: »Sofort wieder ausziehen!«

»Auuusziehen! Sooofooorrrt!«, kreischte Punkt-um und schlug begeistert mit den Flügeln.

Es dauerte keine zehn Sekunden, da flog die Tür auf, und Rabatzes Vater steckte seinen Kopf ins Zimmer.

»Was ist denn hier los?«, polterte er.

»Ich … ähm …«, stotterte Lucie.

Sie spürte, wie ihr die Hitze in den Kopf knallte, stoppte schlagartig das Gestammel und tat so, als würde sie das Laminat unter ihren Füßen plötzlich mehr interessieren als alles andere auf der Welt.

»Aaah, verstehe«, sagte Herr Jenyat. »Damenbesuch!«

»Papa!«, rief Rabatze empört. »Was denkst du denn?«

»War doch bloß ein Scherz, mein Junge«, erwiderte sein Vater augenzwinkernd. »Ich schätze mal, der Gefiederte war's. Hab ich recht?«

»Ausziehen«, säuselte Punkt-um zur Bestätigung. Er hob sein rechtes Bein und knabberte an einer Kralle herum. »Sofort.«

»Das könnte dir so passen«, meinte Herr Jenyat und tippte auf Rabatzes Brust. »Cooler Spruch übrigens. Gefällt mir.«

»Klar.« Rabatze nickte. »Aus diesem Grund essen wir sie ja auch nicht.«

»Was?«, rutschte es Lucie heraus. »Ihr esst keine Leberwurst, weil ihr nicht wisst, was drin ist?«

Rabatze zuckte mit den Schultern. »Genau.«

»Aber das ist doch mit jeder Wurst so«, argumentierte Lucie.

»Eben«, pflichtete Herr Jenyat ihr bei. »Deshalb kaufen wir nur beim Schlachter unseres Vertrauens.«

»Echt jetzt?« Verwundert sah Lucie zwischen Rabatze und seinem Vater hin und her. »Ihr fragt euren Metzger bei jeder Wurst, woraus sie besteht?«

»Manchmal schon«, antwortete Herr Jenyat. »Aber eigentlich reicht es uns zu wissen, dass er kein Schweinefleisch verwendet.«

»Oh!« Lucie schoss erneut die Röte ins Gesicht. Sie war den Umgang mit Rabatze so sehr gewöhnt, dass sie immer wieder vergaß, dass seine Familie aus dem Iran stammte. »Sind Sie Moslems?«

»Muslime, ja.« Herr Jenyat nickte.

»Leberwuuurrrst«, krakeelte Punkt-um.

»Aber wir haben trotzdem viel Spaß mit ihm«, ergänzte Rabatzes Vater mit einem Blick auf den Papagei.

»Und das, obwohl er überhaupt kein Fleisch frisst«, gab Lucie, selbst ganz überrascht über ihre Schlagfertigkeit, zurück.

Erschrocken biss sie sich auf die Unterlippe. Hoffentlich war das nicht zu forsch gewesen!

Doch Herr Jenyat lächelte.

»Jedem, wie es ihm die Natur oder die Familie in die Wiege gelegt hat«, entgegnete er. »Apropos essen … Bist du über Mittag bei uns?«

»Ähm …«

Einmal mehr wusste Lucie nicht, was sie jetzt antworten sollte.

»Klar ist sie das«, kam Rabatze ihr zuvor. »Die Band-Probe ist ja erst heute Nachmittag.«

Lea konnte es nicht fassen.

Henriette von Würz hatte nicht nur keine Silbe über ihre dreiminütige Verspätung verloren, sondern ihr sogar noch zwanzig Euro in die Hand gedrückt.

»Könntest du meinen kleinen Engel in der nächsten Woche jeden Tag ausführen?«, hatte sie gefragt.

»Das Mädchen geht zur Schule«, hatte Martyna Jankowski an Leas Stelle geantwortet. »Außerdem hat sie sicher noch das eine oder andere Hobby.«

»Nun gut.« Henriette von Würz hatte widerstrebend Verständnis gezeigt. »Dann wenigstens jeden zweiten?«

»Das ist okay«, hatte Lea sich beeilt zu erwidern, damit die Haushälterin sich nicht ein weiteres Mal einmischen konnte. Natürlich war sie heilfroh, dass Martyna Jankowski sie erst mal unter ihre Fittiche genommen hatte und gegen ihre Chefin in Schutz nahm, aber ein paar Dinge wollte Lea dann doch lieber selber regeln. »Aber dann brauche ich bitte auch ein paar Tüten und etwas Papier, um Connydoras Geschäfte wegzumachen. Ich kenne mich mit ihren Toilettengewohnheiten nämlich noch nicht so richtig aus.«

»Natürlich, mein Kind«, hatte Henriette von Würz ihr versprochen. »Wenn du am Dienstagnachmittag gegen fünfzehn Uhr auf den Klingelknopf drückst, wird alles perfekt vorbereitet sein.«

Lea tastete nach dem blauen Schein in ihrer Hosentasche und machte einen kleinen Hüpfer.

Wenn sie Dienstag, Donnerstag und Samstag mit der kleinen Malteserhündin unterwegs war, und Henriette von Würz ihr jedes Mal zwanzig Euro bezahlte, würde sie sich schon sehr bald eine Gitarre kaufen können. Und zwar eine nagelneue!

»He, du da!«, wurde Lea von einer Kinderstimme aus ihren Tagträumen gerissen.

Erst jetzt merkte sie, dass sie beinahe an ihrem Hauseingang vorbeigelaufen war. Schräg gegenüber auf der anderen Straßenseite lungerten zwei Jungen herum, die Lea noch nie in dieser Gegend gesehen hatte. Sie schienen ein wenig jünger zu sein als sie, vielleicht neun oder zehn Jahre alt.

»Ja, du«, rief der eine, der eine rote Schirmmütze und eine kniekurze ausgefranste Jeans trug. »Wohnst du da?«, wollte er wissen und deutete auf ihren Hauseingang.

»Wieso interessiert dich das?«, fragte Lea zurück.

»Ach, bloß so«, sagte der Junge.

Die zwei boxten feixend ihre Fäuste gegeneinander.

»Blödmann«, brummte Lea.

Sie zog ihren Schlüssel hervor und schob ihn ins Haustürschloss.

»Und? War das dein Hund?«, brüllte der Junge jetzt. »Dieser kleine weiße Schnuckiputzi?«

Er und sein Kumpel machten Kussgeräusche und lachten noch lauter.

»Wo hast du ihn gelassen?«, johlte der andere, der blonde Locken hatte und ein rot-schwarz gestreiftes T-Shirt trug.

»Was geht dich das an?«, fragte Lea. »Wer seid ihr überhaupt?«

»Tja«, meinte der mit dem Käppi. »Wahrscheinlich die zwei Fragezeichen.«

»Pfff!«, machte Lea. »Lasst mich bloß in Ruhe!«

»Logo, machen wir!«, antwortete der Blondgelockte. »Ist schließlich unser Job.«

Wieder stießen die beiden ihre Fäuste gegeneinander.

»Wir wissen sowieso, dass dir der Hund nicht gehört«, brüllte der mit dem Käppi.

»Wie schön für euch«, murmelte Lea.

Was für dumme Idioten!, dachte sie bei sich. Hatten die nichts Besseres zu tun, als fremden Mädchen, die Hunde ausführten, hinterherzuspionieren?

Kopfschüttelnd drückte Lea die Tür auf und tauchte ins Treppenhaus ab, wo ihr ein Duftgemisch aus Sonntagsbraten, Pizza und Bohnengemüse entgegenschlug.

In Leas Magen gurgelte es.

Oh Mann, hatte sie einen Hunger!

Zur gleichen Zeit saßen Lucie, Herr und Frau Jenyat, Rabatze und seine acht Jahre alte Schwester Kimiya bereits auf Bodenkissen um einen flachen ovalen Tisch herum. Es gab Kichererbsensuppe, Fladenbrot, gebratene Zucchini mit Minzjoghurt und leuchtend gelben Safranreis, der mit Möhren, Mandeln, Rosinen und kleinen sauren Früchten verfeinert war. Die Jenyats nannten sie Berberitzen.

Lucie ließ sich jeden einzelnen Bissen super langsam auf der Zunge zergehen, um auch bloß keine der vielen verschiedenen exotischen Mini-Geschmacksexplosionen zu verpassen. Zum Nachtisch gab es kleine süße Kuchen und einen herrlich erfrischenden Obstsalat, der mit Rosenwasser, Zimt und Minze gewürzt war.

Lucie konnte sich nicht erinnern, jemals etwas Köstlicheres gegessen zu haben, traute sich aber nicht, Frau Jenyat nach den Rezepten zu fragen. Das tat sie erst später, als sie und Rabatze wieder unter sich in seinem Zimmer waren.

»Wieso bittest du mich darum?«, fragte Rabatze und grinste schief. »Denkst du, ich kann kochen, oder was?«

»Nein.« Lucie tippte sich an die Stirn. »Wohl kaum.«

Da griente er noch schiefer.

»Aber ich kann es«, behauptete er. »Die Rezepte für den Safranreis, die gebratenen Zucchini und den Obstsalat weiß ich sogar auswendig.«

»Echt?«

»Echt!«

»Eeecht!«, bekräftigte Punkt-um.

»Ach du«, sagte Lucie. »Halt du bloß deine Klappe!«

»Halt die Klappeee!«, wiederholte Punkt-um und wogte mit dem Kopf auf und ab.

Rabatze sah Lucie herausfordernd an.

»Also, wenn du etwas nachkochen möchtest … falls du das überhaupt kannst«, fügte er neckisch hinzu.

»Und ob ich das kann!«, erwiderte Lucie, obwohl Kochen nachweislich überhaupt nicht ihr Ding, sondern mehr das ihrer Schwester war. Aber vielleicht hatte Lea ja auch Lust, mal etwas Besonderes auszuprobieren.

»Gut«, sagte Rabatze. »Heute Abend schreibe ich dir alles

genau auf und bringe es morgen dann mit in die Schule. Jetzt möchte ich dir nämlich erst einmal zeigen, was ich deinem Papagei beigebracht habe.«

»Okaaayyy«, meinte Lucie und verfolgte gespannt, wie Rabatze auf den Käfig zutrat und sich verbeugte.

»Habe die Ehre«, krähte Punkt-um und verbeugte sich ebenfalls.

Kurz darauf ertönten Gitarrenklänge, und Lucie brauchte einen Moment, bis sie kapierte, dass die ebenfalls von ihrem Papagei kamen.

Rabatze begann im Takt dazu in die Hände zu klatschen, und Punkt-um machte rhythmische Fußstapf-Geräusche dazu.

»Wow!«, stieß Lucie begeistert aus. »Ihr seid ja echt musikalisch!«

»Na, ich doch wohl sowieso«, entgegnete Rabatze kopfschüttelnd. »Schließlich bin ich Gitarrist in der Schulband. Schon vergessen?«

»Nee, hab ich nicht«, sagte Lucie. »Aber …«

»Punkt-um ist wirklich supertalentiert«, fiel Rabatze ihr ins Wort. »Nicht nur dass er den Gitarrensound exakt kopieren kann. Er hat auch total den Groove.«

»Stimmt.« Lucie nickte und sah sich im Zimmer um. »Ich kann hier allerdings keine Gitarre entdecken.«

»Die akustische, die Punkt-um imitiert hat, gehört meinem Vater.« Rabatze, der sich inzwischen auf seinen Schreibtischstuhl niedergelassen hatte, nickte in Richtung Tür. »Sie steht drüben im Wohnzimmer. Meine eigene elektrische ist schon seit über einem Jahr im Probenraum der Schule untergebracht. Der ist professionell abgedämmt, und dort können wir bei den Proben dann so richtig aufdrehen.«

»Aha.«

»Wir müssen übrigens gleich los.«

Lucies rechte Augenbraue wanderte nach oben.

»Wir?«, fragte sie irritiert.

»Na, du und ich«, erwiderte Rabatze in einem Tonfall, als wäre es das Selbstverständlichste im ganzen Universum.

»Ach so«, sagte Lucie.

Rabatze grinste sein ulkiges schiefes Grinsen.

»Du kommst doch mit, oder?«

»Keine Ahnung … ich …«

»Yes!«, jubelte Rabatze.

Er sprang von seinem Stuhl auf, umfasste Lucies Handgelenk und zog sie hinter sich her.

»Moment mal«, protestierte sie. »Ich hab noch nicht Ja gesagt.«

»Aber fast.«

Rabatze grinste jetzt so schief, dass Lucie Angst hatte, ihm könnte der Mund aus dem Gesicht rutschen. Nein sagen war jetzt fast nicht mehr möglich.

»Also gut. Aber zuerst muss ich noch über etwas ziemlich Ernstes mit dir reden«, stellte Lucie zur Bedingung.

Rabatze gab ihr Handgelenk frei und plumpste auf seinen Schreibtischstuhl zurück.

»Okay. Leg los!«

»Es geht um Miriam«, begann Lucie.

»Das dachte ich mir schon«, meinte Rabatze. »Bist du bei ihr gewesen?«

»Mhm.« Lucie nickte. »Heute Vormittag.«

Sie ließ sich auf die Kante von Rabatzes Bett sinken und fing an zu erzählen. In knappen Sätzen und trotzdem so ausführlich wie möglich berichtete sie ihm von Miriams Erfahrungen als Klassensprecherin der damaligen 6a.

Rabatze hörte aufmerksam zu. Er unterbrach sie kein einziges Mal und stellte auch keine Zwischenfragen, schüttelte nur hin und wieder den Kopf.

»Und? Was denkst du?«, fragte Lucie, nachdem sie ihren Bericht beendet hatte. »Was soll ich jetzt tun?«

»Das liegt doch auf der Hand«, meinte Rabatze. »Du sprichst darüber noch mal mit deinem Vater. Ich meine, der muss sich doch etwas dabei gedacht haben, als er dich in diese Klasse gesteckt hat.«

»Stimmt«, sagte Lucie. »Das hat er und das streitet er auch gar nicht ab. Mir und meiner Schwester gegenüber hat er allerdings behauptet, dass er nicht genau wisse, was in der a konkret abgeht.«

»Das entspricht ja aber blöderweise nicht der Wahrheit«, entgegnete Rabatze zögernd.

»Das ist mir auch klar!«, presste Lucie hervor. »Was denkst du wohl, wieso ich so sauer auf ihn bin?«

»Eben. Und deshalb erzählst du ihm jetzt alles …«

»Nein!«, fuhr Lucie dazwischen. »Das mache ich nicht. Und weißt du auch, wieso?«

»Nö?«

»Weil er mich dann garantiert wieder in die b versetzt.«

»Glaubst du?«

»Logisch«, brummte Lucie. »Ich kenn doch meinen Vater.

Außerdem denken ja sowieso alle, dass man gegen Niko, Can und Finn nichts ausrichten kann. Klar, sie sind total aufmüpfig. Davon sind die Lehrer genervt. Der Rest lässt sich nicht beweisen. Schließlich haben sie Miriams Bruder nicht persönlich herumgeschubst und den Drohbrief an sie haben sie leider auch nicht unterschrieben ...«

»Tja, man müsste sie schon auf frischer Tat ertappen«, murmelte Rabatze nachdenklich.

»Wie denn, wenn sie ihre Schandtaten nicht selber begehen, sondern immer nur in Auftrag geben?«, wiegelte Lucie sofort ab. »Nee, nee«, setzte sie hinzu. »Das kannst du komplett vergessen.«

»Es sei denn, du findest ein paar Dinge über sie raus«, wandte Rabatze ein. »Zum Beispiel, mit wem sie in ihrer Freizeit abhängen und so. Vielleicht weiß ja jemand aus deiner Klasse etwas darüber.«

»Ts!« Lucie tippte sich an die Schläfe. »Das würden die gerade mir auf die Nase binden!«

»Wieso fragst du nicht erst mal Toby, hm?«

Lucie musterte Rabatze mit vorgeschobener Unterlippe.

Das war durchaus keine schlechte Idee und einen Versuch allemal wert!

Da die Zeit allmählich knapp wurde, überredete Rabatze Lucie, mit dem Bus zur Schule zu fahren. Unter den finsteren Blicken einiger Fahrgäste hievten sie ihr Fahrrad durch die Mitteltür.

»Jetzt gucken Sie doch nicht so böse«, meinte Rabatze zu einem älteren Mann, der auf dem ersten Platz hinter dem Freiraum saß. »Wir machen hier nichts Unerlaubtes. Ich habe sogar ein Ticket für das Rad gelöst. Ich muss es nur noch entwerten«, fuhr er fort und steckte die kleine hellblaue Karte, die er zuvor am Automaten gezogen hatte, in den Stempelkasten.

Unterwegs erzählte Rabatze Lucie, dass inzwischen fast alle Hausbewohner bei ihnen vorbeigeschaut hatten, weil sie Punkt-um kennenlernen wollten.

»Frau Güler war sogar schon drei Mal bei uns. Ich glaube, sie wird ihn echt vermissen.«

»Du nicht?«, erwiderte Lucie.

»Doch. Klar. Und wie!« Rabatze zwinkerte ihr zu. »Aber vielleicht darf ich dich ja ab und zu besuchen?«

»Hm«, machte Lucie und zuckte mit den Schultern. »Mal sehen.«

Einerseits freute sie sich darüber, dass Rabatze offenbar genauso gerne mit ihr zusammenhing wie sie mit ihm, andererseits wurde es ihr allmählich immer unheimlicher, dass er sich dauernd mit ihr treffen wollte. Außerdem war da noch die Sache mit Geli. Womöglich gehörte Rabatze sogar zu den Jungs, die gerne mehrere Freundinnen hatten, und darauf hatte Lucie nun wirklich keine Lust. Allein schon, wenn sie nur an diese blöde Barbie-Doll dachte, kam ihr die Galle hoch.

Plötzlich wusste keiner von ihnen mehr, was er sagen sollte, und das Gespräch geriet ins Stocken. Sowohl Rabatze als auch Lucie schauten angespannt in alle möglichen Richtungen, und wenn ihre Blicke sich versehentlich doch mal kreuzten, huschten sie sofort wie ertappt wieder auseinander.

Lucie spürte ihren Puls bis in den Hals hinauf, und ihre Handflächen fingen an zu schwitzen. Jedenfalls war sie heilfroh, als der Bus an der Schule hielt und sie endlich aussteigen konnten.

Während sie ihr Fahrrad in den Unterstand brachte, lief Rabatze einfach weiter.

»Sorry, aber ich bin schon fünf Minuten überfällig und ich will die anderen nicht verärgern«, rief er ihr über die Schulter zu. »Geh durch den Hintereingang, dann rechts die Treppe runter, nach links um die Ecke und dann durch die Tür am Ende des Gangs. Du kannst uns gar nicht verfehlen.«

»Alles klar«, murmelte Lucie.

Ein bisschen ärgerte sie sich darüber, dass Rabatze sie einfach stehen gelassen hatte. Ob fünf oder sechs Minuten Verspätung, darauf wäre es doch wohl echt nicht angekommen … Oder?

Na ja, egal. Umso mehr Zeit würde Lucie sich jetzt eben lassen! Und so schlenderte sie extra gemächlich über das Schulgelände und näherte sich dann im Zeitlupentempo der Rückseite des Gebäudes. – Sollte Rabatze sich doch ruhig Gedanken darüber machen, wo sie abgeblieben war!

Der Probenraum lag in einem Teil der Schule, den Lucie noch nie betreten hatte. Als sie gleich hinter der Treppe um die Ecke bog, war sie überrascht, wie lang der Gang sich hinzog. Sie musste an mehreren Türen und etlichen aufgestapelten

Tischen und Stühlen vorbeilaufen, ehe sie das Ende erreichte. Von dort aus schallte ihr gedämpfte Musik entgegen. Schlagzeug-Beats, ein Bass, den sie mehr mit dem Bauch als mit den Ohren wahrnahm, und rockige Gitarrenklänge.

Hey, das war gar nicht mal schlecht! Um ehrlich zu sein, fand Lucie das, was sie da hörte, sogar ziemlich gut. – Obwohl sie ja eigentlich mehr auf Hiphop stand. Ganz automatisch fing sie an, mit den Fingern zu schnipsen. Der Rhythmus ging ihr sofort in die Beine, sodass sie mehr auf die letzte Tür zutänzelte als ging.

Langsam drückte Lucie sie auf. Sie steckte ihren Kopf hindurch, und ihr Blick fiel direkt auf Rabatze, der mitten im abgedunkelten Raum stand. Er hatte eine rot-schwarze Gitarre um den Hals und ein Plektrum zwischen den Lippen. Mit den Fingern der rechten Hand schlug er den Rhythmus, die seiner Linken huschten gekonnt über die Saiten des Gitarrenhalses. Ein Mädchen aus einer höheren Klasse spielte auf einer zweiten Gitarre die Melodie. Außerdem gab es noch einen Schlagzeuger und eine Bassistin.

Fasziniert starrte Lucie Rabatze an. Wie cool und erwachsen er auf einmal wirkte! Als wäre er nicht dreizehn, sondern mindestens sechzehn Jahre alt! Umgekehrt schien er sie allerdings überhaupt nicht zu bemerken. Fast konnte man den Eindruck haben, dass er Lucie komplett vergessen hatte.

Aber das sah sie ihm nach, denn das kannte sie schon.

Wenn Rabatze seine Übungen auf der Slackline machte, war er nämlich auch immer hoch konzentriert und kümmerte sich überhaupt nicht um all die Dinge, die um ihn herum passierten und ihn womöglich nur ablenkten.

Mit angehaltenem Atem betrat Lucie den Raum. Vorsichtig schloss sie die Tür hinter sich, lehnte sich gleich daneben gegen die Wand und lauschte dem Stück bis zum Ende. Zwischendurch gab es zwei langsame melodiösere Passagen, während der Refrain extrem rockig war. Der Song endete geradezu furios und exakt auf dem Beat.

»Yeah«, sagte Lucie leise.

Sie hob ihre Hände und wollte gerade applaudieren, da fragte Rabatze: »Und? Hast du deinen Text fertig?«

Vor Schreck machte Lucies Herz einen kleinen Satz.

Hatte Rabatze etwa wirklich gedacht, dass sie heute auf jeden Fall hier aufgetaucht wäre? Nur weil er sich es so von ihr gewünscht hatte? – Pfff! Wie eingebildet war das denn!

Und wieso hätte Lucie überhaupt eine Poetry vorbereiten sollen? Bis gerade eben hatte sie ja nicht mal gewusst, welche Art Musik die Schulband machte. – Nee, nee! Man musste schon das ganze Gehirn voller Quark haben, um auf eine solche Idee zu kommen.

Vielen Dank auch, Quark-Gehirn, dachte Lucie bei sich, und ihr Puls normalisierte sich wieder. – Zumindest für einen Moment. Denn bereits im nächsten löste sich eine weitere Person aus der Dunkelheit im hinteren Teil des Raumes, und als Lucie erkannte, um wen es sich dabei handelte, trommelte ihr Herz voller Wut aufs Neue los.

Oh Mann! Rabatze hatte sie tatsächlich noch nicht bemerkt, und mit der Frage nach dem Text jemand ganz anderen gemeint.

Ausgerechnet BBE (Blödeste Barbie-Doll Ever!) Gelikatesse trat leicht geduckt zwischen den Verstärkern, den Lautsprecherboxen und dem Schlagzeug hervor und ging lächelnd auf Rabatze zu.

Lucie sah noch, wie sie ein Blatt Papier auseinanderfaltete und – Schock! – dass Rabatze zurücklächelte, dann war sie bereits auf den Gang hinausgestürzt.

Lucie rannte, wie sie noch nie gerannt war, so als ginge es um ihr Leben, die Treppe hinauf und durch die Hintertür ins Freie hinaus.

Erst als sie das Schulgebäude ein ganzes Stück hinter sich gelassen hatte, bekam sie einen Schreikrampf.

Jungs

Warum bist du so schnell abgehauen?, war die erste Nachricht, die Lucie von Rabatze erhielt.

Er hatte sie also doch bemerkt! – Na, immerhin.

Warum meldest du dich nicht?, trudelte es danach gleich dreimal hintereinander im Abstand von jeweils ungefähr einer Stunde über WhatsApp bei ihr ein.

»Jetzt antworte ihm endlich!«, stöhnte Lea, die gerade dabei war, ihre Klamotten neu zu falten und in ihren Schrank einzusortieren. »Spätestens morgen in der Schule lauft ihr euch doch sowieso wieder über den Weg.«

»Was soll ich ihm denn sagen?«, jaulte Lucie.

Sie hatte die Arme um ihre Knie geschlungen und hockte wie ein Häufchen Elend auf Leas Bett.

»Die Wahrheit, natürlich.«

Lucie richtete den Blick auf ihre Schwester. »Wie jetzt?«

»Na, dass du Geli auf den Tod nicht ausstehen kannst und voll geschockt warst, sie ausgerechnet bei ihnen im Probenraum anzutreffen«, erwiderte Lea.

Lucie ließ ihre Knie los und tippte sich mit beiden Zeigefingern an die Stirn. »Ist klar.«

Lea schob einen Stapel farblich sortierter Hoodies in ein freies Schrankfach.

»Wieso denn nicht?«

»Weil Rabatze mich dann höchstwahrscheinlich für total minderbemittelt hält«, gab Lucie zurück. »Immerhin bin ich Klassensprecherin und in der SMV«, argumentierte sie. »Ich vertrete alle Schüler und Schülerinnen. Auch die, die ich nicht leiden kann. Kapierst du?«

»Mhm«, meinte Lea schulterzuckend. »Ich verstehe nur nicht, was das eine mit dem anderen zu tun hat.«

»Es ist ein ziemlich verantwortungsvoller Job«, betonte Lucie.

»Schon klar. Aber deshalb muss man ja nicht alle mögen. Das geht Rabatze bestimmt auch nicht anders. Außerdem ist Punkt-um bei ihm in Pension.«

»Dann besuch du ihn doch«, gab Lucie ein wenig patzig zurück. »Punkt-um ist schließlich auch dein Papagei. Ich bringe ihm ja sowieso nur unflätiges Zeug bei.«

Lea seufzte. Da war es also wieder, das Thema »gute Schwester, böse Schwester«. Mittlerweile hing es ihr kilometerweit zum Hals raus, und sie hatte absolut null Lust, sich deswegen noch einmal mit ihrer Schwester auf eine Diskussion einzulassen.

»Meinetwegen«, sagte sie also. »Mach ich.«

Lucie gab ein leises Knurren von sich, und danach herrschte eine Weile Schweigen im Zimmer. Lea widmete sich ihren T-Shirts, und Lucie schmollte still vor sich hin.

»Und wenn Rabatze denkt, dass ich eifersüchtig auf Geli bin?«, platzte sie plötzlich heraus.

»Bist du ja auch!«

»Waaas?« Mit einem Satz sprang Lucie vom Bett herunter

und baute sich neben ihrer Schwester auf. »Spinnst du jetzt total?«

»Nee. Ich sag nur, wie es ist«, erwiderte Lea und ließ sich nun an Lucies Stelle der Länge nach aufs Bett fallen. »Wie ist denn jetzt dein Plan?«, fragte sie in Richtung Zimmerdecke. »Willst du dir im Internet einen Tarnumhang bestellen? Oder setzt du mehr auf Unsichtbarkeitstropfen?«

»Keine Ahnung«, entgegnete Lucie kleinlaut.

Einen Lidschlag später meldete ihr Handy den Eingang einer neuen Nachricht.

»Garantiert ist die auch wieder von ihm«, orakelte Lea.

Lucie zog eine Schnute. »Mhm.«

»Willst du sie denn gar nicht lesen?«

»Nö.«

»Also ehrlich, Schwesterkeks!« Lea schoss wie ein Stehaufmännchen vom Bett hoch. »Benutz doch bitte mal deine Denkzellen!«, schimpfte sie. »Ganz egal ob Rabatze dein Freund oder dein *Freund* ist, du solltest ihn auf keinen Fall anlügen. Wenn ihm etwas an dir liegt, wird er dich schon nicht für meschugge erklären, sondern versuchen, dich zu verstehen.«

»Er ist nicht mein *Freund*«, stellte Lucie klar, schnappte sich ihr Handy und setzte sich mitten im Zimmer auf den Boden.

Jetzt melde dich endlich, oder Punkt-um ist ein toter Mann!!!, schrieb Rabatze.

»Er will unseren Papagei umbringen«, brummte Lucie, während sie die Beine unterschlug.

Sie konnte sich allerdings ein Lächeln nicht verkneifen.

»Da siehst du mal, wie wichtig du ihm bist«, meinte Lea

grinsend. »Er riskiert es sogar, deinetwegen in den Kerker geworfen zu werden.«

»Ja, ja, ja …«

Lucies Daumen flitzten bereits über das Display.

Tut mir echt leid, schrieb sie zurück. **Aber ich habe nicht damit gerechnet, dass Geli bei euren Proben ist. Gehört sie zu eurer Band?**

Nein, tut sie nicht, war Rabatzes prompte Antwort. **Wieso rennst du vor ihr davon?**, wollte er wissen.

Ich mag sie nicht besonders.

Okaaay …????

Sie und ihre Freundinnen sind in Leas Klasse, erklärte Lucie ihm. **Wir sind uns spinnefeind, wenn du verstehst, was ich meine.**

Logo. Aber ist das ein Grund zu fliehen, als ob der Teufel persönlich hinter dir her wäre?

Lucie verdrehte die Augen und sah ihre Schwester Hilfe suchend an. »Er hält mich für meschugge.«

In derselben Sekunde ploppte bereits die nächste Nachricht von Rabatze rein.

Einmal bitte ankreuzen: nein: … ja: x

»Ts!« Lucie schüttelte kichernd den Kopf.

»Was ist?«, wollte Lea wissen, und als ihre Schwester nicht reagierte, hockte sie sich hinter sie und schaute ihr über die Schulter.

Sie hat auch uns heute ziemlich genervt, schrieb Rabatze.

»Oh Wunder!«, kommentierte Lea.

Irgendwie muss sie wohl mitgekriegt haben, dass wir einen Sänger oder eine Sängerin suchen.

Und da hat sie sich bei euch beworben?, fragte Lucie.

Genau, bestätigte Rabatze. **Ich habe ihr und ihren Freundinnen dann ein Tape von einem unserer Songs gegeben, damit sie einen Text dazu schreiben können. Und heute hat sie ihn uns dann vorgesungen.**

Lucie überlegte kurz, was sie erwidern sollte. Schließlich schickte sie ihm drei Fragezeichen und wartete mit klopfendem Herzen auf seine Reaktion. Hoffentlich … Hoffentlich …

Na ja … jedenfalls hast du echt was verpasst, antwortete Rabatze.

»Oh … Schei …benkleister!«, hauchte Lea, die alles mitgelesen hatte.

Lucies Herz klopfte nun noch heftiger, jedoch nicht mehr vor Anspannung, sondern vor Zorn.

Ausgerechnet die oberschnepfige Gelikatesse sollte die Sängerin der Schulband werden?! – Verdammt! Warum hatte sie Rabatze vor zwei Tagen bloß so abblitzen lassen? Dafür hätte Lucie sich jetzt am liebsten ein zweites Loch in den Hintern gebissen. Sie war so wütend auf sich selbst, dass sie gar nicht mitbekam, dass Rabatze einen weiteren Kommentar abgeschickt hatte. Erst als Lea ihr hektisch auf die Schulter tippte, richtete sie den Blick wieder auf das Handydisplay.

Man soll ja eigentlich nichts Gehässiges über seine Mitmenschen verbreiten, aber das war wirklich grauenhaft.

»Arrrgh«, machte Lucie.

Es war ein unterdrückter Jubelschrei.

Du meinst, sie kann nicht singen?, tippte sie.

Überhaupt GAR!!! nicht, schrieb Rabatze zurück. **Und der Text war leider auch NIX!!!!**

Lucies Herz schlug einen doppelten Salto. Okay, man sollte vielleicht wirklich nicht gehässig sein, aber das war nun mal echt eine SEHR gute Nachricht.

Hast du es ihr gesagt?, fragte sie.

Klar! Wir ALLE haben es ihr gesagt.

Und?

Sie wollte es nicht einsehen.

»Das passt«, murmelte Lea.

Wir mussten sie quasi rausschmeißen!!!

»Yeah!«

Fast wäre Lucie aufgesprungen und hätte einen Freudentanz aufgeführt. Aber SO gehässig wollte sie dann doch nicht sein. Auch wenn Geli zweifelsohne die dümmste und eingebildetste Ziege unter der Sonne war!

Ich fänd's echt cool, wenn du bei uns singen würdest, schrieb Rabatze als Nächstes. **Und deshalb war ich total geknickt, als du einfach abgedampft bist.**

»Oh Mann, er will, dass du ihre Leadsängerin wirst!«, jauchzte Lea und wippelte aufgeregt hinter ihrer Schwester auf und ab.

Ich hätte ja sowieso keinen Text gehabt, tippte Lucie zurück.

Na und!, erwiderte Rabatze. **Du hast eine tolle Stimme. Außerdem ist es kein Geheimnis, dass du spontan super Poetrys dichten kannst. Ich weiß einfach, dass du die Richtige für unsere Band wärst.**

»Oh, mein Gott! Oh, mein Gott! Oh, mein Gott!«, stieß Lea aus – und das war genau das, was Lucie dachte.

Bitte! Versuch es doch einfach!!! Ich würde mich mega freuen!

»Na los!«, forderte Lea ungeduldig. »Jetzt sag schon Ja!«

»Mach ich«, brummte Lucie. »Aber bestimmt nicht so, dass er gleich wer weiß was denkt.«

Klar! Lea rollte insgeheim mit den Augen. Du bist ja auch so was von überhaupt nicht verschossen in ihn!, dachte sie bei sich. Sie wollte gar nicht wissen, was Lucie Rabatze antwortete, rappelte sich auf und ging zum Fenster hinüber.

O.K., tippte Lucie. **Ich mach's.**

Genial!!!, kam es umgehend von Rabatze mit ungefähr einer Million Freudensmileys dahinter. **Dann bring ich dir morgen das Tape mit in die Schule.**

Wieso bloß hatte Lucie bisher gedacht, dass er keine Emojis mochte? Schließlich war Rabatze ganz anders als andere Jungs!

Gut, antwortete sie. **Dann bis morgen.**

Lucie schaltete ihr Handy aus und legte es zur Seite.

»Jiiiihaaa!«, quiekte sie, sprang wie ein Flummi vom Boden auf und tanzte und hüpfte quer durchs ganze Zimmer.

»Klingt, als wärst du engagiert«, sagte Lea mit einem breiten Grinsen im Gesicht. Sie war bereits im Begriff, sich zu ihrer Schwester umzudrehen und in den Freudentaumel mit einzustimmen, als sie draußen auf dem Bürgersteig gegenüber jemanden bemerkte. »Da sind diese Idioten ja schon wieder!«, entfuhr es ihr.

Augenblicklich stoppte Lucie ihren Hüpftanz.

»Was für Idioten?«, wollte sie wissen.

Sie baute sich hinter Lea auf, hob sich auf die Zehenspitzen und reckte ihren Hals, um besser auf die Straße hinunterschauen zu können.

»Vorsicht!«, mahnte Lea und verpasste ihrer Schwester einen Stupser in den Bauch, damit diese zurückwich.

»Was ist denn los?«, zischte Lucie.

»Die glotzen hier rauf«, erwiderte Lea. »Ich glaube, sie haben mich gesehen.«

»Na und? Was ist denn daran so schlimm?« Lucie kicherte leise. »Vielleicht stehen sie auf dich.«

»Quatsch!«, brummte Lea. »Dafür sind sie wohl noch ein bisschen zu jung. Nee, nee, die waren vorhin schon da und haben mich blöd angemacht.«

»Also doch!«

Lea stöhnte leise. Bloß weil ihre Zwillingsschwester gerade im rosaroten Herzchenhimmel schwebte, bedeutete das noch lange nicht, dass mit einem Mal nur noch liebestolle Jungs in der Gegend herumschwirrten. Na gut, die beiden Idioten hatten ihr vorhin tatsächlich Kussmündchen zugeworfen, das allerdings wohl eher, weil sie sie ärgern wollten, und nicht weil sie sie so schön fanden. Und sowieso: »Die haben sich mehr für Connydora interessiert, als für mich«, erklärte Lea. »Angeblich wissen sie, wem sie gehört. Keine Ahnung, ob ich das glauben soll. Denn eigentlich haben sie nur Unsinn geredet.«

»Aha«, sagte Lucie. »Was denn genau?«

»Ach«, meinte Lea abwinkend. »Dass es ihre Aufgabe wäre, mich in Ruhe zu lassen und so einen Quark.«

»Stimmt. Besonders logisch ist das nicht.« Lucie schürzte die Lippen. »Allerdings …«

Lea drehte sich zu ihrer Schwester um. »Was?«

»Na ja, ein bisschen merkwürdig klingt es natürlich schon … so als ob ihnen jemand einen Auftrag erteilt hätte.«

»Pfff!«, schnaubte Lea. »Ich habe die beiden hier noch nie gesehen. Wer also sollte ihnen, bitte schön, einen Auftrag gegeben haben? Nee, nee!«, bekräftigte sie. »Ich fürchte, du hast zu viele Krimis gelesen.«

Lucie schüttelte den Kopf.

»Hab ich nicht«, murmelte sie, fasste Lea bei den Schultern und zog sie vom Fenster weg. »Lass mich die Jungs mal anschauen.« Vorsichtig trat sie einen Schritt vor und spähte auf die Straße hinunter. »Meinst du die beiden gegenüber? Den mit dem roten Käppi und …?«

Lea nickte, aber das bekam Lucie schon gar nicht mehr mit. Denn in diesem Moment hob der Junge mit dem Käppi den Kopf und starrte zu ihr hoch.

Unwillkürlich wich sie zurück.

»Was ist los?«, wisperte Lea.

»Du hast recht«, sagte Lucie. »Die beiden sind nicht von hier.«

Trotzdem kam ihr der Junge mit dem Käppi total bekannt vor. – Wenn ihr nur einfiele, wo sie ihn schon mal gesehen hatte …

Eine willkommene Erpressung

Als Lucie am Montagmorgen den Klassenraum betrat und ihr Blick auf Niko, Can und Finn fiel, hätte sie beinahe laut aufgestöhnt und sich gegen die Stirn geschlagen. Denn nun wusste sie plötzlich, wieso ihr der Junge mit dem roten Käppi so bekannt vorgekommen war. Zum Glück hatte sie sich sofort im Griff und gab sich nun große Mühe, sich nichts anmerken zu lassen. Betont lässig steuerte sie auf ihren Platz zu, ließ sich neben Toby fallen und stellte ihm die Frage, die sie tags zuvor mit Rabatze abgesprochen hatte.

»Weiß nicht genau …«, meinte Toby.

Er knetete sich nachdenklich die Nase und spähte unauffällig zu den drei Klassensaboteuren hinüber.

Plötzlich leuchteten seine Augen auf.

»Na klar!«, raunte er.

Und dann erhielt Lucie exakt die Antwort, die sie hatte hören wollen.

Die gesamte Mathedoppelstunde rutschte sie unruhig auf ihrem Stuhl herum und konnte sich kaum auf den Unterricht konzentrieren. Es schien ein halbes Jahrhundert zu vergehen, bis endlich der Gong ertönte. Sofort ließ Lucie alles stehen und liegen und stürmte ohne ihr Pausenbrot auf den Schulhof hinaus.

Rabatze wartete bereits am verabredeten Treffpunkt in der Nähe des Hausmeisterkiosks auf sie. Offenbar hatte auch er es ziemlich eilig gehabt, sie wiederzusehen.

»Deine Idee war absolut goldrichtig!«, rief Lucie ihm entgegen.

»Klar war sie das«, sagte Rabatze und reichte ihr ein kleines Päckchen. »Hier! Ich habe dir einfach mal alle unsere Stücke auf einen USB-Stick gezogen.«

»Was?«, keuchte Lucie. »Ach so«, meinte sie dann und lachte etwas verlegen. Wie hatte sie DAS nur vergessen können! »Danke«, setzte sie hastig hinzu, während sie auf Rabatzes beigefarbenes T-Shirt stierte.

Es wird Zeit, dass wir lieben stand dort in leuchtend roten Buchstaben mitten auf seiner Brust.

»Aber gerade geht es mir gar nicht um die Schulband«, stammelte Lucie.

Ihr Herz pochte so fest, dass ihr das Blut in den Ohren rauschte. Jetzt bloß nicht rot werden!, ermahnte sie sich, riss ihren Blick ein wenig panisch von den roten Buchstaben los und ließ ihn nervös umhergleiten.

»Sondern?«, fragte Rabatze.

Seine Stimme hörte sich ein wenig enttäuscht an.

»Um Miriam.«

»Ach so. Ähm … Was ist denn mit ihr?«

»Mit ihr nix«, stammelte Lucie weiter. »Es hat mehr mit unserer Idee zu tun.«

»Oh!«, sagte Rabatze. »Na, dann sprich dich mal aus!«, forderte er sie auf, und nun klang er doch interessiert.

Lucie schöpfte einmal tief Luft und startete mit ihrer Schilderung. In aller Ausführlichkeit erzählte sie ihm die allerneuesten Neuigkeiten, nämlich dass Finn einen jüngeren Bruder hatte und dass dieser seit gestern mit einem Kumpel in ihrer Straße herumlungerte.

»Sie haben meine Schwester verfolgt, als sie den Hund einer älteren und ziemlich reichen Dame ausgeführt hat«, berichtete sie. »Sie haben ihr blöde Fragen gestellt und ihr hinterhergerufen, dass sie wüssten, wem der Hund gehört. Später haben sie dann zu meinem Zimmerfenster hochgestarrt. Ich glaube, sie wollten mir Angst machen.«

»Hm.« Rabatze nickte. »Schon möglich.«

»Ich bin sicher, dass es genau so ist«, beharrte Lucie. »Sie haben Lea für mich gehalten.«

»Leider gibt es keine Beweise«, erwiderte Rabatze. »Wir müssen also erst mal abwarten, ob eventuell noch etwas passiert.«

»Und dann?«, fragte Lucie ein wenig atemlos.

»Können wir uns überlegen, ob und wie wir ihnen eine Falle stellen«, sagte Rabatze und deutete auf das Päckchen in ihrer Hand. »Du musst dich bitte beeilen mit den Texten. Übermorgen proben wir wieder. Vielleicht hast du sogar eine Idee, wie wir uns nennen können. Bisher heißen wir nämlich einfach nur Schulband.«

»Okay.« Lucie lächelte. »Keine Sorge, das mit dem Text, das krieg ich schon hin.«

Erstens war Dichten ihr Lieblingshobby, und zweitens blieb ihr gar nichts anderes übrig. Schließlich waren das Schulfest und der große Auftritt der Band ohne Namen bereits in zwei Wochen.

Auf ihrem Weg zurück in den Klassenraum kamen Lucie die Barbie-Dolls entgegenmarschiert. Zuerst dachte sie sich nichts dabei, doch dann fiel ihr auf, dass die vier Zicken einander untergehakt hatten und somit die gesamte Breite des Gangs für sich beanspruchten. Es würde also schwierig werden, an ihnen vorbeizulaufen. Außerdem hatten sie Lucie ganz klar im Visier.

Natürlich hätte sie sich umdrehen und für den Rest der Pause aufs Klo flüchten können, aber Lucie war kein Feigling, sie hatte Hunger und es interessierte sie durchaus, was Leas Klassenkameradinnen von ihr wollten.

Eine Schrittlänge vor ihr blieben die Barbie-Dolls dann auch abrupt stehen.

»Das Teil da«, sagte Ronja im Befehlston, deutete auf das Päckchen mit dem Speicher-Stick und wedelte herrisch mit der Hand. »Abliefern!«

»Wer hat dir denn ins Gehirn gepupst?«, entgegnete Lucie kopfschüttelnd.

»Dasselbe könnten wir dich fragen«, fauchte Jenny. »Du hältst dich wohl für was Besseres!«

»Ich habe nicht die geringste Ahnung, worauf du hinauswillst«, brummte Lucie. »Aber irgendwie könntest du schon recht haben«, meinte sie dann und griente von einem Ohr zum anderen.

»Pute!«, zischte Geli. »Du hast das doch nur gemacht, weil du es mir nicht gönnst.«

Lucie schüttelte verständnislos den Kopf. »Was?«

»Jetzt tu mal nicht so!«, blaffte Geli, ließ ihre freie Hand vorschnellen und schnappte nach dem Päckchen. »Du hast dich keine Sekunde für die Schulband interessiert. Erst als klar war, dass sie mich zu ihrer Leadsängerin machen wollen, hast du dazwischengefunkt und Rayhan irgendeinen Mist erzählt, von wegen dass ich überhaupt nicht singen könnte und so.«

»Ts«, sagte Lucie. »Das musste ich gar nicht. Das hat er nämlich ganz von selbst gemerkt.«

Die Barbie-Dolls tauschten einen Blick.

»Du bist voll die scheinheilige Kuh … echt«, fauchte Antonia. »Und jetzt gib uns endlich den Stick!«

»Aber gerne doch«, erwiderte Lucie. »Wenn ihr meint, dass das irgendwas ändert.«

»Klar tut es das«, blaffte Geli, aber da hatte Lucie sich schon gebückt und das Päckchen schwungvoll zwischen Jennys rechtem und Ronjas linkem Bein hindurchgeschleudert. Wie ein Eisstock auf einer Curlingbahn rauschte es hinter ihnen über den glatten Steinboden. Die Barbie-Dolls kreischten im Chor, rissen ihre Arme auseinander und fuhren herum. Dabei entstand eine Lücke, und noch ehe die drei Mädchen kapierten, was Lucie vorhatte, war sie bereits an Geli vorbeigeflutscht.

Hastig fischte sie Rabatzes Stick vom Boden auf und rannte laut lachend weiter auf ihren Klassenraum zu.

Über irgendwelche »Rache«-Aktionen an den Barbie-Dolls musste sie sich nun wahrlich keine Gedanken mehr machen. Das hatte sich quasi ganz von selbst erledigt!

»Voll cool, deine Oma«, sagte Alina, als Lea und sie nach Schulschluss in Richtung Fahrradunterstand liefen. »Eine echte, selbst gemachte italienische Pizza ist tausendmal besser als so ein Fertigteil aus dem Gefrierschrank.«

Die hätte heute nämlich auf ihrer Mittagsspeisekarte gestanden, weil ihre Eltern in den Harz gefahren waren, um sich dort ein Seniorenheim für Alinas Opa anzusehen.

»Ach, das ist doch keine große Sache«, meinte Lea. »Ob nun einer mehr oder weniger am Tisch sitzt, darauf kommt es ja nun wirklich nicht an. Außerdem isst es sich in Gesellschaft viel schöner. Und: Deine Mutter hätte mich garantiert auch eingeladen, wenn sie gehört hätte, dass ich ganz allein zu Hause bin.«

»Stimmt«, bestätigte Alina. »Trotzdem: Bei uns hättest du mitten in der Woche niemals eine echte Pizza bekommen.«

Lea nickte und seufzte. »Ich weiß.«

Alinas Eltern hatten keinen Spaß am Kochen. Bei ihnen musste es immer ratzfatz gehen. Meistens gab es Nudeln oder Reis und dazu irgendwas aus der Tüte. Eine Tiefkühlpizza oder ein frischer Salat mit Fertigdressing waren da schon ein echtes Highlight.

»Guck mal, Lucie wartet bereits auf uns«, sagte Alina verwundert. »Mann, die sieht aber gar nicht gut aus!«, fügte sie erschrocken hinzu.

»Was ist passiert?«, rief Lea, während sie ihren Schritt beschleunigte. »Ist dir schlecht?«

»Ein bisschen«, krächzte Lucie. »Ich glaube, ich habe heute zu wenig gegessen.«

»Hattest du denn kein Pausenbrot dabei?«, erkundigte Lea sich besorgt. »Oder hast du dein ganzes Cafeteria-Geld für diese Woche wieder mal für was anderes ausgegeben?«

Lucie streckte Lea die Zunge heraus. »Nee, hab ich nicht«, erwiderte sie. »Ich hatte einfach keinen Appetit.«

Der war ihr nämlich bereits am Ende der ersten großen Pause vergangen.

Nachdem sie Rabatzes Speicher-Stick vor den Barbie-Dolls gerettet hatte, war sie im Klassenzimmer sofort auf ihren Platz gestürmt, hatte das Päckchen in ihrem Rucksack verstaut und die Butterdose hervorgeholt. Und dabei war ihr der schwarze Umschlag, der zwischen dem Mathe- und dem Biobuch steckte, sofort ins Auge gestochen. Mit angehaltenem Atem hatte Lucie ihn hervorgezogen und den Brief, der sich darin befand, auseinandergefaltet.

Klar, insgeheim hatte sie es bereits geahnt … Und trotzdem: Nachdem sie den Text gelesen hatte, hatte ihr Herz einen kurzen Aussetzer gehabt und war gleich darauf mit doppelter Geschwindigkeit wieder losgestolpert.

Immer **SCHÖN** *die Klappe*
halten und **AUF** deinen
kleinen **HUND aufpassen!!!**

Die einzelnen Wörter waren aus Zeitschriften ausgeschnitten und auf ein schneeweißes unliniertes Stück Papier geklebt worden. Dass es sich bei den Absendern um Finn, Niko und Can handelte, war ebenfalls sonnenklar. Beweisen konnte Lucie das natürlich nicht. Denn garantiert hatte niemand bemerkt, wie einer der drei Jungen den Umschlag in ihren Rucksack geschmuggelt hatte. Wie Lucie sie einschätzte, hatten sie beim Erstellen ihres Drohbriefs vermutlich sogar Handschuhe getragen.

Als Toby in der Tür erschienen war, hatte Lucie den Brief samt Umschlag hastig in ihren Rucksack zurückgestopft. Auf die Schnelle hatte sie sich partout nicht dazu durchringen können, ihm von der Sache zu erzählen. Bestimmt war es das Beste, ihn noch eine Weile im Ungewissen zu lassen. Je weniger Leute eingeweiht waren, desto weniger würde sich herumsprechen und in unerwünschte Ohren gelangen.

Mit diesen Überlegungen war der erste Schock überwunden gewesen. Lucie hatte es sogar fertiggebracht, Toby anzulächeln.

Und mal ehrlich: Im Grunde konnte es doch gar nicht besser laufen! War dieser Drohbrief nicht genau das, worauf Rabatze gewartet hatte? Jetzt waren endlich alle Voraussetzungen erfüllt, um den Klassensaboteuren der 7a eine Falle zu stellen!

»Fahr doch schon mal los«, empfahl Lea ihrer Schwester. »Ich muss noch kurz was mit Alina wegen des Kuchenbüffets fürs Schulfest bequatschen.«

»Ich kann gerne auch warten«, meinte Lucie, überlegte es sich dann aber doch anders.

Alles, was mit Geduld zu tun hatte (und da gehörte Warten nun einmal dazu), war schließlich nicht gerade ihre Stärke.

Sie schickte Rabatze noch rasch eine Nachricht wegen des Erpresserbriefes, schwang sich auf ihr Rad und geriet zwanzig Minuten später prompt in die Fänge der beiden »Idioten«, die diesmal direkt vor ihrer Haustür standen und mit Jo-Jos spielten.

»Na, wo hast du denn deinen Hund gelassen?«, fragte der mit dem roten Käppi.

»Ich dachte, du weißt, dass es nicht meiner ist«, gab Lucie lässig zurück. »Oder war das gestern bloß dusselige Prahlerei?«

»Nee.« Der blond gelockte Junge stieß seinem Käppi-Kumpel feixend den Ellenbogen in die Seite. »Jetzt hat sie sich verraten!«

»Aha«, sage Lucie und verdrehte die Augen. »Ihr habt also wirklich nicht den Funken einer Ahnung, ihr kleinen Angeber. Was macht ihr überhaupt hier?«, erkundigte sie sich weiter. »Ihr wohnt doch garantiert ganz woanders.«

»Dreimal darfst du raten!«, erwiderte der Käppi-Junge. Er fing sein Jo-Jo ein und zupfte seinen Kumpel am Ärmel. »Los, komm, wir machen lieber mal die Abdampfe.«

»Gute Idee«, murmelte Lucie und blickte unauffällig zurück die Straße hinunter.

Zum Glück befanden Lea und Alina sich noch nicht in Sichtweite. Solange nämlich nicht klar war, ob Käppi & Co. wussten, dass sie eine Zwillingsschwester hatte, wollte Lucie die beiden Jungs nicht unbedingt mit der Nase darauf stoßen – auch wenn sie sich eigentlich nicht vorstellen konnte, dass Finn seinem Bruder diese nicht ganz unwichtige Tatsache verschwiegen hatte.

»Wenn ihr brav seid, dürft ihr meinen Hund das nächste Mal sogar streicheln!«, rief sie den »Idioten« hinterher.

»Hahaha!«, lachte klein Käppi-Finn.

Er wandte sich kurz zu Lucie um und zeigte ihr einen Vogel. Dann nahmen die beiden Jungs die Beine in die Hand und rannten los. Als Lea und Alina kurz darauf angerollt kamen, waren sie bereits über alle Berge. – Und hinter Lucies Stirnplatte braute sich allmählich eine Idee zusammen.

Der köstliche Pizzageruch empfing die Schwestern und ihre Freundin schon im Treppenhaus. Ein Wunder, dass die Nachbarn vor ihrer Tür noch nicht Schlange standen!

Lucies Appetit kam jedenfalls sofort zurück. Hastig schob sie ihren Schlüssel ins Schloss und ließ Lea und Alina zuerst in den Flur treten. – Hmmm, wie das duftete!

So schnell hatten die Zwillinge sich noch nie ihrer Schuhe und Rucksäcke entledigt. Lucie voran stürmten sie in die Küche, wo Ludovica de Angelis ihnen gerade entgegenkam. Sie trällerte ein Lied von Eros Ramazzotti und balancierte ein großes Holzbrett hoch über ihrem Kopf.

»Bitte eine Tür weiter!«, unterbrach sie ihren Gesang und stieß ihre Hüften rhythmisch nach vorn, um die Mädchen in den Flur zurückzutreiben. »Eure Eltern sitzen bereits am Esstisch.«

Zwei Minuten später hockten sie schmausend um den Esstisch herum. Die *original venezianische* Pizza – wie Ludovica de Angelis betonte – war hauchdünn und sehr knusprig und lediglich mit einer aromatischen Tomatensoße und Mozzarella belegt. Trotzdem war sie das Leckerste, was Lea und Lucie seit Langem gegessen hatten. Alinas Schmatzen zufolge schien es auch ihr richtig gut zu schmecken.

»Das Geheimnis ist der Teig und natürlich die Einfachheit der Rezeptur«, erklärte ihnen ihre Nonna.

Einzelheiten bezüglich der Zubereitung und der besonderen Würzmischung wollte sie allerdings nicht verraten.

»Wir durften ihr nicht einmal helfen«, beschwerte sich Rosanna von Leipnitz augenzwinkernd. »Dabei müsstest du die geheimen Familienrezepte eigentlich an mich vererben, Muddi.«

»Keine Sorge, das werde ich, mein Engel«, versprach Ludovica de Angelis und nahm sowohl ihre Tochter als auch ihren Schwiegersohn lächelnd ins Visier. »Aber das hat ja wohl noch ein wenig Zeit, oder?« Sie ließ ihr Messer sinken und griff nach Rosanna von Leipnitz' Handgelenk. »Außerdem wünsche ich mir, dass ihr mich einmal wieder in deiner alten Heimat besucht.«

»Das werden wir«, beeilte Lea und Lucies Vater sich seiner Schwiegermutter zu versichern. »Und jetzt lasst uns bitte diese köstliche Mahlzeit zu Ende genießen. Rosanna und ich haben uns schließlich extra dafür freigenommen.«

Lea senkte den Kopf und säbelte leise seufzend ein Stück von ihrer Pizza ab. Eigentlich war der Zeitpunkt nicht wirklich passend – aber welcher war das schon? Und so fasste sie sich ein Herz und fragte: »Stimmt es eigentlich, dass Nonno Gianni aus einer Gondel gefallen und ertrunken ist?«

Wie einstudiert hörten alle gleichzeitig auf zu kauen.

Den drei Erwachsenen schien es die Sprache verschlagen zu haben. Sogar Lucie sah ihre Schwester erschrocken an.

Ludovica de Angelis fing sich als Erste wieder. Sie nahm ihre Serviette auf und putzte sich die Mundwinkel sauber.

»Nun …«, begann sie zögernd, und wieder wanderte ihr Blick zwischen ihrer Tochter und ihrem Schwiegersohn hin und her. »Ich weiß ja nicht, wer dir diesen Unsinn erzählt hat, mein Engel, aber dein Großvater war ein hervorragender Schwimmer. Ertrunken ist er ganz sicher nicht.«

Jetzt oder nie, dachte Lucie und holte tief Luft.

»Wie ist er denn dann gestorben?«, stieß sie hervor.

Über Ludovica de Angelis' Gesicht huschte ein Schatten. Sie sah ihre Enkelin kurz an, und Lucie bereute es bereits, dass sie sich nicht zurückgehalten hatte.

»An einem Herzinfarkt«, antwortete ihre Mutter schließlich anstelle der Nonna. »Und jetzt würde ich bitte gerne über etwas anderes spre…«

Sie wurde von einem hektischen Ding-Dong-Ding-Dong-Ding-Dong! unterbrochen.

Sofort flogen sämtliche Blicke zur Tür und in Richtung Flur.

Rosanna von Leipnitz schüttelte verwundert den Kopf.

»Wer kann denn das sein? Um diese Zeit?«

Sie erhob sich von ihrem Stuhl und eilte aus dem Esszimmer.

»Klingt ein bisschen nach *Flieger im Windkanal*«, murmelte Gerald von Leipnitz.

»Opa Pistorix?!«, riefen die Zwillingsschwestern wie aus einem Mund.

»Was will er denn hier?«, flutschte es Lucie heraus. »Ähm … ich meine natürlich, weil er schon ewig nicht mehr bei uns vorbeigeschaut hat«, setzte sie hastig hinzu.

»Eben darum habe ich ihn eingeladen«, erklärte ihre Nonna. »Es ist nämlich noch eine Pizza im Ofen. Außerdem bringt euer Großvater den Nachtisch mit.«

Leas Augen wurden so groß wie Kuchenteller. »Nachtisch?«, jubelte sie. »Mitten in der Woche? Wie genial ist das denn!«

Und während Lucie und Alina sich voller Vorfreude über die Lippen leckten, war Lea bereits von ihrem Stuhl aufgesprungen und in die Küche geflitzt. Dort nahm sie den Pizzaschieber vom Wandhaken und öffnete den Backofen. – Auweia! Es war allerhöchste Eisenbahn, dass die Pizza auf den Teller kam.

»Rettung in letzter Sekunde!«, stieß Lea aus, als sie kurz darauf mit der Mahlzeit für Otto von Leipnitz in den Händen aus der Küchentür geschossen kam. »Fast wäre das gute Stück verbrannt.«

»Tja, mein Zwengelchen, in dem Fall hätte ich dann wohl ein Viertel dieser herrlichen Eistorte alleine verspeisen müssen«, meinte ihr Großvater, der gerade mit einem bombastischen rosafarbenen, über und über mit glasierten Erdbeeren belegten und mit einem Gitter aus Karamellfäden getoppten Kuchenberg in die Wohnung getreten war.

»Wow!« Lea drückte Otto von Leipnitz einen Kuss auf die Wange. »Die ist ja megaaa! … Lucie … Alina!«, rief sie in Richtung Esszimmer. »Das müsst ihr euch ansehen!«

»Nix da!«, mischte ihre Mutter sich ein. »Es bleiben bitte alle auf ihren Plätzen sitzen. Du bringst Opa Pistorix' Pizza zum Tisch und bittest deinen Vater, noch einen Stuhl aus der Küche zu holen«, wies sie Lea an. »Die Eistorte wandert erst mal in den Kühlschrank, und ich sorge für ein weiteres Besteck.«

Gesagt, getan!

Und so saßen sie wenige Minuten später mit sechs Personen um den Esstisch herum und sahen Otto von Leipnitz dabei zu, wie er genüsslich seine am Rand bereits ein wenig angekohlte Pizza verspeiste.

Ein Virus kommt selten allein

»Die Eistorte von eurem Opa war der Hammer«, schwärmte Alina sogar drei Tage später noch, als sie sich nach Unterrichtsschluss von den Zwillingsschwestern verabschiedete. »So ein Teil könnte das Highlight unseres Kuchenbüffets auf dem Schulfest sein.«

Lucie schüttelte unwillig den Kopf.

»Die ist doch schon weggeschmolzen, bevor die ersten Gäste kommen.«

»Wahrscheinlich hast du recht.« Alina zog einen Flunsch. »Aber dann bittet ihn doch einfach um die Rezepte für ein paar normale Torten.«

Lea kniff die Mundwinkel ein. »Das haben wir schon.«

»Und?« Alinas Blick huschte erwartungsvoll zwischen den Schwestern hin und her.

»Er rückt sie nicht raus«, erklärte Lucie mit einem leisen Seufzen. »Aber er hat versprochen, sie uns zu vererben.«

Alina rollte mit den Augen.

»Toll!«, stöhnte sie.

»Na ja«, meinte Lea zögernd. »Immerhin hat er uns angeboten, zwei oder drei Torten für das Kuchenbüffet zu spendieren. Ich fände es allerdings sehr viel besser, wenn wir sie selber backen würden.«

»Ach, wieso denn?«, winkte Alina ab. »Oder denkst du etwa, unsere Klassenkameraden lassen sich nicht helfen?«

»Garantiert tun sie das.« Lucie nickte eifrig. »Allen voran die Barbie-Dolls! Ich wette, die wissen nicht mal, wie eine Packung Mehl aussieht. Abgesehen davon willst du doch sonst auch nicht die Aufmerksamkeit auf dich ziehen«, neckte sie ihre Schwester. »Sonst hättest du ja zum Beispiel auch eine Rollschuh-und-Inliner-Choreografie auf die Beine stellen können.« Lucie knuffte Lea in die Seite. »Wer weiß, Schwesterkeks, vielleicht hätte ich dabei sogar mitgemacht.«

»Ja, *hätte*«, brummte Lea.

Das war typisch Lucie! Da spuckte sie einfach mal so nebenbei eine coole Idee aus – zu einem Zeitpunkt, an dem das Schulfestprogramm bereits feststand und sie eh nix Neues mehr einbringen konnten! Inzwischen waren nämlich alle Aufgaben verteilt. Ab dem morgigen Donnerstag fand ab der sechsten Stunde kein normaler Unterricht mehr statt. Alle Schüler sollten die Zeit bis fünfzehn Uhr dazu nutzen, um Kulissen zu bauen, Tänze und Musikstücke einzustudieren, Aufgaben untereinander aufzuteilen und Utensilien zu besorgen.

»Weißt du was?«, sagte Alina. »Du, Lea, und ich, wir sorgen dafür, dass das Kuchenbüffet in echtem Glanz erstrahlt.«

»Ach ja … und wie?«, wollte Lucie wissen.

»Indem wir für die passende Deko sorgen«, erwiderte Alina, und ihre dunklen Augen funkelten vor Übermut. »Und ich habe auch schon eine Idee für den Kuchentisch. Aber das verrate ich erst morgen, wenn wir unsere Besprechungsstunde haben. Jetzt muss ich nämlich wirklich los, sonst verpasse ich den Bus.«

Sie warf Lea und Lucie noch ein Kussmündchen zu, dann drehte sie sich um und trabte in Richtung Ausgang.

»Sag mal …«, wandte Lucie sich an ihre Schwester, »wann führst du eigentlich das nächste Mal die süße kleine Conny-dora aus?«

Lea kniff misstrauisch die Augen zusammen.

»Morgen um vier. Warum?«

»Ach … nur so«, meinte Lucie dann nach kurzer Überlegung.

Lea machte nicht unbedingt den Eindruck, als ob man ihr jetzt mit neuen abenteuerlichen Ideen kommen könnte. Wahrscheinlich war es ohnehin das Beste, wenn sie überhaupt nichts – oder erst hinterher – von Lucies neuestem Plan erfuhr.

Gleich nach dem Mittagessen setzte Lucie sich an die Songtexte. Während Lea auf ihrem Bett lümmelte und sich hinter einem echten Schinken von einem Buch verschanzte, steckte Lucie sich ihre Ohrstöpsel in die Gehörgänge, zückte Block und Stift und pflanzte sich an ihren inzwischen picobello aufgeräumten Schreibtisch.

Vorgestern Nachmittag, als ihre Schwester mit Vanessa beim Rollkunsttraining war, hatte sie drei Umzugskartons aus dem Keller geholt und diese bis oben hin mit all den Sachen vollgepackt, die sie nicht mehr brauchte.

Lucie musste unwillkürlich grinsen, als sie an die Reaktion ihrer Mutter dachte.

Rosanna von Leipnitz war nämlich aus allen Wolken gefallen, als sie von Lucies und Nonna Dolce Vitas Plänen erfuhr, und hatte vorsichtshalber alles noch mal durchgesehen.

»Nicht dass du etwas wirklich Gutes weggibst und es später bereust«, hatte sie ihre Tochter ermahnt und zwei Kapuzenhoodies und eine Shorts wieder aussortiert und in den Kleiderschrank zurückgelegt.

Letztendlich hatte sie aber zugeben müssen, dass das Ausmisten Lucies Zimmer wirklich gutgetan hatte.

Heute Abend wollte Gerald von Leipnitz die Kartons dann ins Auto laden und gleich morgen nach der Schule zur Kleiderkammer transportieren. Lucie gefiel die Vorstellung, dass Mädchen aus Familien, die nicht so viel Geld zur Verfügung hatten, mit ihren ausrangierten Klamotten vielleicht sogar total happy waren. Jetzt musste sie nur noch die Überraschung für Lea perfekt machen.

Aber zuerst waren die verflixten Songtexte dran!

Oh Mann! – Es war gar nicht so leicht, auf vorgegebene Melodien zu dichten!

Bisher war erst ein einziger Text fertig. Insgesamt brauchte sie allerdings drei. Denn so viele Stücke wollte die Schulband zum Besten geben.

»After *School*, das ist nach der *Schul*«, murmelte Lucie vor sich hin. »During School, da lernen wir *was*, und hinterher dann, haben wir *Spaß*.«

Hm, das ist doch gar nicht mal schlecht, dachte sie und notierte die Sätze auf ihrem Block.

»Wie wäre es denn mit während*dessen*, doch im Unterricht dürfen wir ja nicht mal *essen*?«, überlegte sie weiter, schrieb eifrig alles auf und grinste dabei in sich hinein. Den Lehrern würde das vermutlich nicht gefallen und so manchen Eltern wohl auch nicht. Aber bei ihren Mitschülern kam dieser Text garantiert supergut an.

Am besten, sie trug ihn Lea mal vor!

Kurz entschlossen zog Lucie die Ohrstöpsel heraus, flitzte zum Zimmer ihrer Schwester und klopfte ungeduldig an die Tür.

Lea antwortete nicht.

Komisch, dachte Lucie, drückte die Klinke hinunter und schob die Tür langsam auf.

Lea lag mit einem dicken aufgeschlagenen Buch auf der Brust im Bett. Sie hatte die Augen geschlossen und schnorchelte leise vor sich hin.

»Wieso bist du denn eingeschlafen?«, murmelte Lucie. – Mitten am helllichten Tag! Das war wirklich merkwürdig.

Sie stand auf und tappte zum Bett hinüber. Vorsichtig nahm sie das Buch hoch, klappte es mit dem Lesezeichen zusammen und schob es ins Regal.

Leas Augen lagen tief in den Höhlen, und ihre Wangen waren zart gerötet. Am Haaransatz glänzten winzige Schweißtropfen.

»Du bist doch nicht etwa krank!«, wisperte Lucie erschrocken.

Sachte berührte sie Leas Stirn – und zuckte sofort zurück.

OMG! Ihre Schwester war ja das reinste Heizkissen!

»Ich werde mein Lager ab heute übrigens woanders aufschlagen«, verkündete Ludovica de Angelis eine gute Stunde später, nachdem sie für einige Augenblicke im Arbeitszimmer ihres Schwiegersohns abgetaucht und kurz darauf mit ihrem gesamten Gepäck wieder herausgekommen war.

»Sag bloß, du reist ab?«, fragte Rosanna von Leipnitz halb erschrocken und halb empört. »Ohne uns etwas davon zu sagen?!«

»Was ich hiermit getan habe«, gab ihre Mutter zurück. Sie stellte das Gepäck neben der Wohnungstür ab und nahm ihren Mantel von der Garderobe. »Außerdem, wer spricht denn hier von abreisen. Ich ziehe lediglich um.«

»Und wohin, wenn ich fragen darf?«, erkundigte sich Rosanna von Leipnitz, während sie ihrer Mutter widerstrebend in den Mantel half.

»Du darfst, mein Kind«, erwiderte Ludovica de Angelis. »Zu deinem Schwiegervater.«

»Echt? Zu Opa Pistorix?«, wunderte sich Lucie. »Gefällt es dir etwa nicht bei uns?«

»Aber natürlich, mein Engel.« Ludovica de Angelis tätschelte ihrer Enkelin die Wange. »Sehr sogar.«

»Und wieso willst du dann weg von uns?«, wollte Lucie wissen.

»Wahrscheinlich befürchtet sie, dass sie sich bei deiner Schwester anstecken könnte«, meinte Rosanna von Leipnitz.

»Das ist vollkommener Unsinn«, gab ihre Mutter kopfschüttelnd zurück. »Dabei liegen die Gründe doch eigentlich auf der Hand.«

»Aha?«

Rosanna von Leipnitz runzelte die Stirn.

»Erstens möchte ich Geralds Arbeitszimmer nicht länger blockieren«, erklärte Ludovica de Angelis.

»Und zweitens?«, hakte Lucie neugierig und ohne große Umschweife nach.

»Leben in dieser Wohnung bereits vier Menschen, die einander wunderbar Gesellschaft leisten können«, antwortete ihre Nonna, sah dabei allerdings Lucies Mutter an. »Dein Schwiegervater hingegen ist ganz allein.«

»Eben«, erwiderte Rosanna von Leipnitz. »Soweit ich mich erinnere, hast du vor Kurzem nämlich noch behauptet, dass es sich nicht schicken würde, wenn du dich alleine bei ihm einquartierst.«

»Aber davon kann doch überhaupt keine Rede sein«, erwiderte Ludovica de Angelis. »Im Gegenteil«, betonte sie lächelnd. »Otto hat mich auf eine sehr charmante Weise zu sich eingeladen.«

»So, so«, brummte Rosanna von Leipnitz. »Na, das verstehe, wer will. Aber was soll's. Ihr seid schließlich alt genug, um zu wissen, was ihr tut.«

»Dem kann ich nur beipflichten«, grunzte ihre Mutter und deutete auf ihren Rollkoffer. »Wenn du mir jetzt bitte nach unten helfen würdest … mein Taxi müsste nämlich jede Sekunde hier sein.«

Kurz vor dem Abendessen hatte Lucie ihren Songtext fertig geschrieben. Zum Schluss waren die einzelnen Strophen nur so aus ihr herausgeflutscht, und sie konnte sich gar nicht mehr erklären, warum sie sich anfangs so schwer damit getan hatte.

»After School, das ist nach der *Schul*«, trällerte sie, als sie sich um kurz vor halb neun dann in Richtung Badezimmer aufmachte.

»During School, da lernen wir *was*, und hinterher dann, haben wir *Spaß*«, rappte sie vor dem großen Spiegel über dem Waschbecken weiter.

»After School, das ist die beste *Zeit*«, besang Lucie das von Leipnitz'sche Zahnbürstensortiment in den Putzgläsern auf der Ablage. »Also, Leute, macht euch *bereit*.«

»During School ist Stress *angesagt*, but after School sind eure Hobbys *gefragt*«, beendete sie den Song, während sie etwas später mit ihren Klamotten unterm Arm in ihr Zimmer zurücktänzelte.

Lucie hatte gerade ihren Rucksack für den nächsten Tag bestückt, als ihr Handy sich meldete. – Rabatze! Was wollte der denn so spät noch?

»Alles okay mit Punkt-um?«, platzte Lucie heraus, kaum dass sie die Verbindung hergestellt hatte.

»Keine Panik«, sagte Rabatze. »Mit dem ist alles fit.«

»Okay, und wieso ...?«, setzte Lucie an.

»Ich wollte dich bloß noch mal an die Songtexte erinnern«,

fiel Rabatze ihr ins Wort. »Die müssen unbedingt rechtzeitig fertig werden«, beschwor er sie.

»Ebenfalls keine Panik«, gab Lucie triumphierend zurück. »Den ersten Text habe ich schon fertig.«

»Super!«, freute sich Rabatze. »Dann lass mal hören!«

»Ja, ähm … also …«, stammelte Lucie und griff nach ihrem Notizblock.

Eben hatte sie den Song noch komplett auswendig gewusst, und jetzt war ihre innere Tafel plötzlich wie ausgewischt. Hoffentlich passierte ihr das nicht bei ihrem Auftritt auf dem Schulfest!

»Ja, also«, sagte Lucie noch einmal und räusperte sich. »After *School*, das ist nach der *Schul*«, begann sie dann von ihrem Block abzulesen. »During School, da lernen wir *was*, und hinterher dann, haben wir *Spaß*.«

»Cool«, meinte Rabatze. »Kannst du das auch singen?«

Lucie bekam so etwas wie einen Kehlkopfkrampf.

»Ähm, was … jetzt?«, krächzte sie.

»Klar«, ermunterte Rabatze sie. »Lass die Lala laufen und leg los!«

»Aber« … es ist schon ziemlich spät, wollte Lucie eigentlich entgegnen, verkniff es sich dann jedoch.

Rabatze sollte bloß nicht denken, dass sie noch ein Baby war, das um Punkt neun Uhr um Bett liegen musste.

Todesmutig zog sie die Ohrstöpsel aus dem Notebook und klickte das erste Stück auf dem Stick an.

Und jetzt Augen zu und durch, sprach Lucie sich selber Mut zu.

»After *School*, das ist nach der *Schul*«, startete sie auf den

Punkt genau im richtigen Takt. »During School, da lernen wir *was*, und hinterher dann, haben wir *Spaß*.« Zuerst klang ihre Stimme noch ein bisschen zittrig, aber schließlich verdrängte Lucie den Gedanken, dass Rabatze ihr zuhörte, und legte richtig los.

»After School, das ist die beste *Zeit* … also, Leute, macht euch *bereit*. During School ist Stress *angesagt*, but after School sind eure Hobbys *gefragt*.«

»Wow!«, sagte Rabatze nur, als der Song zu Ende war. »WOW!«

Lucies Herz fing vor Stolz und Freude an zu tanzen. Doch das Hochgefühl währte nicht lange, denn im nächsten Moment wurde die Tür aufgestoßen, und Gerald von Leipnitz stand auf der Schwelle.

»Was ist denn hier los?«, polterte er.

»Ähm … äh …«

Lucie ließ vor Schreck das Handy fallen und starrte ihren Vater mit großen Augen an.

So ein Mist! Jetzt hatte sie genau den Das-Baby-muss-um-neun-ins-Bett-Salat, den sie eigentlich gar nicht erst hatte anmischen wollen.

»Jetzt sag bloß nicht nichts«, mahnte Gerald von Leipnitz. »Sonst müsste ich nämlich gleich morgen zum HNO-Doc, weil ich denke, ich hätte was an den Ohren.«

»Bin schon fertig, Papa«, erwiderte Lucie hastig. »Ich musste nur noch eben schnell was üben.«

»Alles klar.« Ihr Vater zwinkerte ihr zu. Dann deutete er auf Lucies Bett und setzte wieder eine etwas strengere Miene auf. »Gute Nacht, mein Schatz«, sagte er. »Und träum nicht zu laut.«

Lucie wartete, bis er die Tür zugezogen hatte, dann hob sie das Handy auf und presste es an ihr Ohr.

»Tut mir leid, aber wir müssen Schluss machen.«

»Kein Problem«, meinte Rabatze leichthin. »Wär ja noch schöner, wenn du meinetwegen Ärger bekommst! Wir sehen uns morgen in der großen Pause. Und bring den Text mit!«

»Tschüs, Raba, bis morgen«, erwiderte Lucie selig.

Sie konnte es kaum erwarten!

Dank Rosanna von Leipnitz' Wadenwickel sank Leas Fieber bis zum nächsten Morgen auf 38 Grad. Allerdings fühlte sie sich schrecklich schlapp, und Halsschmerzen hatte sie auch.

»Du bleibst heute auf jeden Fall im Bett liegen«, bestimmte ihre Mutter und flößte Lea jede Viertelstunde einen Teelöffel voller eklig schmeckender Tropfen ein, die ihre Abwehrkräfte stärken sollten.

»Aber ich muss doch …«

»Gar nichts musst du«, schnitt Rosanna von Leipnitz ihr das Wort ab. »Außer ganz schnell wieder gesund werden!«

»Keine Panik«, raunte Lucie Lea in einem unbeobachteten Moment zu. Denn eigentlich sollte sie sich von ihrer Schwester fernhalten, damit sie sich nicht bei ihr ansteckte. »Ich kümmere mich schon um Connydora.«

Natürlich tat es ihr leid, dass Lea krank war, auch wenn es ihr unbestritten gerade erstklassig in den Kram passte. So nämlich konnte sie ihren Plan ganz ungestört in Angriff nehmen, ohne dass sie ihre Schwester groß dazu überreden musste.

Alina war gleich doppelt enttäuscht, als Lucie ihr vor der Schule eröffnete, dass Lea krank war und sie selbst die erste große Pause leider nicht mit ihr verbringen könnte, weil sie eine Verabredung mit Rabatze und noch dazu etwas Megawichtiges mit ihm zu besprechen hatte.

»Könnt ihr das nicht nachher machen, wenn ihr Bandprobe habt?«, bettelte Alina.

»Tut mir leid.« Lucie hob zerknirscht die Schultern. »Da sind leider zu viele andere dabei. Aber nicht traurig sein! In der zweiten Pause können wir auf jeden Fall zusammen abhängen.«

»Na gut«, sagte Alina. »Ich werde die Zeit schon rumkriegen. Hauptsache, die Barbie-Dolls kleben sich mir nicht an die Fersen.«

Lucie wusste genau, wie ihre Freundin sich fühlte, insbesondere als sie anderthalb Stunden später genau das Gleiche in Grün mit Rabatze erlebte.

»Du musst die Aktion verschieben«, erklärte er. »Ich kann heute nicht. Völlig unmöglich!«

Er hatte sogar das passende T-Shirt dazu angezogen. **Nie war ich so wertvoll wie heute** leuchtete Lucie in weißer Schrift auf rotem Grund entgegen.

»Das ist so was wie ein Versprechen«, beharrte sie und tippte mit beiden Zeigefingern auf den Spruch ein.

»Es tut mir leid, aber meine Schwester hat heute Geburtstag«, brachte Rabatze als Entschuldigung vor. »Wir feiern nie ohneeinander. Und die Sache mit den Jungs läuft dir doch nicht davon. Oder?«

»Nein«, grummelte Lucie.

Sie verstand ihn ja. Aber trotzdem. Heute war einfach perfekt.

»Hast du eigentlich schon weitergedichtet?«, wechselte Rabatze das Thema.

Zuerst schüttelte Lucie den Kopf, dann nickte sie.

»Noch nicht, aber ich bin dabei.«

»Super!« Er stupste sie sanft gegen die Schulter. »Ich freu mich total darauf, mit dir zu jammen. Der After-School-Song ist genial und deine Stimme der Wahnsinn!«

Lucies Herz machte einen Riesenhüpfer. Auch sie konnte es kaum erwarten, endlich richtig mit der Band zu proben. Nach der kleinen Privatvorstellung, die sie Rabatze gestern via Handy gegeben hatte, fühlte sie sich schon jetzt fast wie ein alter Hase.

Das wurde bestimmt ein granatenmäßiger Auftritt auf dem Schulfest in ein paar Tagen.

Die gesamte zweite Pause und während Alina ununterbrochen vom Schulfest plapperte, grübelte Lucie darüber nach, wer für Rabatze einspringen könnte.

Ihr erster Gedanke galt Toby. Als ihr Stellvertreter wäre er für diesen Job eigentlich wie geschaffen gewesen, doch Lucie kannte ihn einfach noch nicht gut genug, um sich hundertprozentig auf ihn verlassen zu können. Alina kam leider ebenfalls nicht infrage. Falls die Connydora-Aktion danebenging, würde Lea nämlich garantiert ausflippen, wenn sie hörte, dass nicht nur ihre sämtliche-Versprechen-brechende Schwester, sondern auch ihre Freundin mit von der Partie gewesen war.

Erst nachdem der Unterricht vorbei war, Lucie eine weitere Bandprobe erfolgreich hinter sich gebracht hatte und geradezu beflügelt in die Pedale trat, kam ihr die ultimative Idee. – Der Butterkeks! Er hatte dafür gesorgt, dass sie die Klasse wechselte, und sie damit letztendlich in diese Situation gebracht. Er musste ihr einfach beistehen!

Hoffentlich war er schon zu Hause! Und hoffentlich willigte er ein! Ein wenig außer Atem stellte Lucie das Fahrrad im Treppenhaus ab und hastete nach oben. Leise schloss sie die Wohnungstür auf und huschte in die Diele.

Als Erstes lugte sie ins Arbeitszimmer. – Kein Butterkeks weit und breit.

Danach war das Wohnzimmer dran, die Küche und zum Schluss das Elternschlafzimmer. – Nichts!

»Papa?«, rief Lucie zaghaft und lauschte. »Bist du zu Hause?«

»Jawohl!«, ertönte Gerald von Leipnitz' Stimme aus dem Klo. »Einen Moment Geduld, bitte! Ich halte gerade eine wichtige Sitzung ab.«

»Alles klar!«

Lucie grinste in sich hinein und begann ungeduldig im Flur auf und ab zu tigern. Sie konnte es kaum erwarten, ihren Vater endlich in ihre Pläne einzuweihen. Und als er ihr wenige Minuten später dann tatsächlich sein »Okay« gab, wäre sie vor

Freude – und Erleichterung! – fast bis an die Zimmerdecke gesprungen.

Um halb vier schlüpfte Lucie in Leas Zimmer und tauschte ihre Klamotten gegen eine Jeans und ein T-Shirt ihrer Schwester.

Lea lag bis zur Nasenspitze unter der Bettdecke und schlief. Ihre Mutter, die inzwischen ebenfalls heimgekommen war, hatte ihr einen Zitronentee mit Honig und Ingwer auf den Nachttisch gestellt.

»Der ist bestimmt längst kalt geworden«, murmelte Lucie.

»Ist er nicht«, krächzte Lea und öffnete ihr rechtes Auge zur Hälfte. »Sie hat es gerade erst gebracht. Gehst du jetzt mit Connydora?«, wollte sie wissen.

Lucie nickte und zupfte an dem T-Shirt, das sie übergezogen hatte.

»Ich dachte mir, dass es wohl am besten ist, wenn Frau von Würz gar nicht erst erfährt, dass du krank bist.«

»Okay«, sagte Lea und klappte das Auge wieder zu. »Ich wünsch dir viel Spaß. Und natürlich darfst du die zehn Euro behalten.«

»Quatsch mit Kaulquappe«, erwiderte Lucie. »Ich mach das doch gern für dich.«

Das Geld, das Frau von Würz ihr für das Hundesitting gab, hätte sie zwar wirklich gut gebrauchen können, für Lucie bestand allerdings überhaupt kein Zweifel daran, dass es ihrer Schwester zustand. Allein schon aus schlechtem Gewissen ihr gegenüber wollte sie es nicht behalten.

»Werd bloß ganz schnell wieder gesund«, murmelte Lucie, während sie Leas Zimmertür leise hinter sich zuzog.

Sie huschte zur Garderobe, schlüpfte in die blauen Chucks ihrer Schwester und folgte ihrem Vater, der bereits mit dem Autoschlüssel in der Hand auf sie wartete, aus der Wohnung.

»Ich geh schon mal zum Wagen«, sagte er.

»Soll ich nicht lieber mein Fahrrad nehmen?«, fragte Lucie.

Gerald von Leipnitz schürzte die Lippen.

»Lass es uns spontan entscheiden«, meinte er nach kurzer Überlegung. »Erst mal müssen die Jungs ja überhaupt auftauchen.«

Das würden sie, da war Lucie sich ziemlich sicher. Viel größere Bedenken hatte sie bezüglich Frau von Würz. Hoffentlich bemerkte die alte Dame den Zwillingstausch nicht.

Als Lucie jedoch um Punkt vier Uhr vor der Villa stand, verflog diese Sorge sofort. Es war die Haushälterin, die ihr öffnete und ihr die Hundetoilettensachen übergab. Sie trug gelbe Gummihandschuhe und schien ganz und gar in ihre Putzarbeiten vertieft. Denn ihr fiel nicht einmal auf, dass Connydora Lucie irritiert beschnüffelte.

»Du kennst mich doch«, raunte sie der kleinen weißen Malteserhündin zu, nachdem die Haustür ins Schloss gefallen war. »Also komm, wir zwei haben eine wichtige Mission zu erfüllen.«

Lucie spazierte eine Viertelstunde kreuz und quer durch die Gegend. Dann erst steuerte sie den Marillenweg an und befestigte Connydora an der Laterne, die sich schräg gegenüber ihrem Haus befand. Aus dem Augenwinkel registrierte sie den dunkelblauen Volvo mit dem Butterkeks hinter dem Steuer, der gut zehn Meter entfernt vor einem schnittigen silbergrauen Sportwagen parkte. – Sehr gut! Lucie war wirklich heilfroh, dass ihr Vater bei der Sache mitmachte.

»Ich bin gleich wieder da«, versprach sie dem kleinen Malteser, der zaghaft mit dem Schwanz wedelnd zu ihr aufschaute.

Dann lief sie auf die Haustür zu, öffnete sie und eilte zwei Stufen auf einmal nehmend die Treppe hinauf bis zum ersten Halbparterre, von wo aus sie durch ein schmales Fenster auf die Straße hinuntersehen konnte.

Connydora hatte sich inzwischen hingesetzt und starrte das Haus an, als wollte sie ihr Hundesitter-Frauchen heraushypnotisieren.

Lucie umklammerte beide Daumen. Bitte, bitte, flehte sie innerlich. Lass sie nicht zu lange warten – und vor allem: Lass es nicht umsonst gewesen sein!

Sie hatte ihr Gebet noch nicht ganz zu Ende gedacht, als hinter einem Mauervorsprung ein rotes Käppi auftauchte.

Lucies Herz machte einen Satz. Angespannt bis in jeden Muskel beobachtete sie, wie Finns kleiner Bruder mit cooler Miene und lässig in den Hosentaschen versenkten Händen auf Connydora zuschlenderte und schließlich vor ihr in die Hocke ging. Er hielt ihr ein kleines braunes Ding vor die Nase, das die Malteserhündin neugierig beschnupperte und kurz darauf verschlang.

Ein Schreck durchzuckte Lucie. Dieser gemeine Kerl wollte Connydora doch wohl nicht betäuben! Oder gar vergiften!

Jetzt dreh mal nicht gleich durch!, rief sie sich selbst zur Ordnung. Bestimmt war das bloß ein ganz harmloses Hundeleckerli gewesen, mit dem der böse Wolf mit dem roten Käppchen das Vertrauen des kleinen Maltesers zu gewinnen versuchte.

Jetzt redete er leise auf Connydora ein, streichelte ihr über den Kopf und winkte kurz darauf jemandem, der sich – dummerweise! – außerhalb von Lucies Blickfeld befand. Sofort schlug ihr Herz wieder ein paar Takte schneller, und als Finns Bruder nun auch noch die Leine vom Laternenpfahl löste, hielt es sie kaum noch auf der Stelle.

Lucies Geduld wurde jedoch nicht allzu sehr strapaziert, denn schon wenige Sekunden später tauchte Rotkäppchens Kumpel auf dem Bürgersteig auf. Er schob zwei Fahrräder rechts und links neben sich her. Auf dem Gepäckträger des einen klemmte eine Sporttasche, die Finns Bruder sofort zu sich herunterzerrte. Und dann ging plötzlich alles ganz schnell.

Verstohlen blickten die beiden Jungs sich noch einmal um. Als sie die Luft rein wähnten, schnappte Rotkäppchen Connydora, setzte sie in die Sporttasche und zog den Reißverschluss zu. Er hängte die Tasche über den Lenker eines der beiden Fahrräder, hievte sich auf den Sattel und strampelte los.

Lucie wartete nicht länger ab, was sein Kumpel tat (das konnte sie sich eh denken), sondern flitzte im Affenzahn die Treppe hinunter, packte ihren Drahtesel und riss die Haustür auf.

Die beiden Jungen hatten sich bereits ein ganzes Stück entfernt. Lucie sah, dass ihr Vater den Blinker setzte. Gerald von Leipnitz ließ einen hellen Lieferwagen vorbei, dann scherte er aus und folgte den Hundeentführern unauffällig im Schritttempo. – Fantastico!

Lucie stieg auf ihr Rad und heftete sich Finns Bruder und seinem Freund an die Fersen. Während ihr Vater die Straße entlangrollte, radelte sie auf dem Bürgersteig hinter ihnen her.

Zu Lucies Verwunderung schlugen die Jungs den Weg, der zu ihrer Schule führte, ein. Teufel noch mal! Es war doch wohl nicht möglich, dass Finn, Can und Niko ausgerechnet dort auf sie und Connydora warteten!

Aber dann änderten die beiden doch noch die Richtung. Sie bogen in eine Seitenstraße ein, zischten bis zur nächsten Ecke und stoppten vor einem mehrstöckigen Wohnhaus. Lucie hielt ebenfalls an und beobachtete aus sicherer Entfernung, wie Rotkäppchen und sein Kumpel die Sporttasche vom Lenker hoben und damit im Haus verschwanden. Dann erst fuhr sie langsam weiter.

Gerald von Leipnitz überholte sie und stellte den Volvo in unmittelbarer Nähe ab. Er stieg aus und kam zu Lucie herübergelaufen, die nun bereits im Hauseingang stand und die Namensschilder studierte.

»Volltreffer!«, stieß sie hervor und drückte auf eine der beiden unteren Klingeln. »Bossberg! So heißt Finn mit Nachnamen.«

Es dauerte eine Weile, bis der Türsummer ertönte.

»Besser, du wartest hier draußen«, sagte Gerald von Leipnitz. »Deine Klassenkameraden müssen ja nicht unbedingt wissen, dass du hinter der Sache steckst.«

»Das können die sich doch denken«, murmelte Lucie, aber da war ihr Vater bereits in den Treppenflur abgetaucht.

Eine halbe Ewigkeit verging, bis die Haustür sich endlich wieder öffnete und Gerald von Leipnitz mit Connydora an der Leine auf den Bürgersteig hinaustrat.

»Oh Mann!« Lucie deutete auf ihr Kinn. »Siehst du die Bartstoppeln?«

»Keine Spur«, erwiderte ihr Vater grinsend.

»Und?«, wollte Lucie wissen, während sie Connydora den Kopf tätschelte. »War Finn zu Hause?«

Gerald von Leipnitz nickte. »Seine Mutter ebenfalls. Sie hatte gar nicht mitbekommen, dass die Jungs einen Hund in die Wohnung gebracht haben. Und angeblich wusste sie auch nichts von all den Dingen, die Finn und seine beiden Freunde in der Schule veranstalten. Den Jungs war es ziemlich peinlich, ausgerechnet von einem Lehrer erwischt worden zu sein, und sind ganz schnell und ziemlich kleinlaut mit der Sprache herausgerückt.«

Krass!, dachte Lucie.

»Und was passiert jetzt?«

»Als Nächstes werde ich mit dem Schulleiter sprechen. Vermutlich gibt es eine Klassenkonferenz.« Gerald von Leipnitz seufzte. »Mal sehen, was dabei herauskommt. Ich bin jedenfalls froh, dass sich nun alles geklärt hat.«

»Und ich, dass Connydora nichts passiert ist!«, platzte es aus Lucie heraus.

»Stimmt«, pflichtete ihr Vater ihr bei. »Mit einem Tier, das einem nicht gehört, sollte man so etwas eigentlich nicht veranstalten. Aber wir hatten die Situation zum Glück ja unter Kontrolle.«

Lucie nickte und lehnte sich erschöpft gegen die Hauswand.

»So schlimm?« Gerald von Leipnitz streckte seine Hand aus, um ihr über die Wange zu streichen. »Du bist ja ganz heiß!«, sagte er erschrocken. »Hast du dich etwa bei deiner Schwester angesteckt?«

Ein kühner Plan

»Eigentlich könnten wir Punkt-um doch nach Hause zurückholen«, sagte Lea zwei Tage später, als ihr Fieber runter war und sie ihrer Mutter beim Kartoffelschälen half. »Jetzt wo Nonna Dolce Vita bei Opa Pistorix wohnt.«

»Ich weiß nicht«, erwiderte Rosanna von Leipnitz. »Vielleicht sollten wir besser noch warten, bis deine Schwester ebenfalls wieder auf den Beinen ist. Außerdem könnte eure Nonna jederzeit zu Besuch kommen und …«

Sie brach ab und schüttelte den Kopf.

»Was?«, hakte Lea sofort nach.

»Ach nichts«, winkte ihre Mutter ab.

Sie wollte also noch immer nicht erzählen, was Nonna Dolce Vita gegen Papageien hatte, und allmählich stieg in Lea das Gefühl auf, dass es irgendwie mit dem Tod ihres Großvaters zusammenhing. Vielleicht war er ja durch den Schrei – oder das unflätige Geschimpfe! – eines Papageien so sehr erschreckt worden, dass er einen Herzinfarkt bekommen hatte.

»Wir können Punkt-um aber auch nicht die ganze Zeit bei Rabatze lassen«, wandte sie ein. »Wer weiß, wann Nonna Dolce Vita wieder nach Hause fährt.«

»Hat dein Vater nicht gesagt, dass er Lucies Freund dafür bezahlen will?«

»Ja, aber doch nur, wenn er ihm nette Sachen beibringt«, gab Lea zurück.

Rosanna von Leipnitz betrachtete ihre Tochter stirnrunzelnd.

»Tut er das denn nicht?«

»Keine Ahnung«, meinte Lea schulterzuckend. Sie warf die Kartoffel, die sie gerade von ihrer Schale befreit hatte, zu den anderen in die mit Wasser gefüllte Schüssel und wischte sich die Hände ab. »Ich frag Lucie mal … natürlich nur wenn sie nicht gerade schläft«, setzte sie eilig hinzu, als sie den mahnenden Blick ihrer Mutter bemerkte.

Lea tappte den Flur entlang und schob die Tür zum Zimmer ihrer Schwester, die bereits einen Spaltbreit geöffnet war, leise auf.

Lucie hatte sich eine Wolldecke und einen Haufen Kissen in den Rücken gestopft und saß halbwegs aufrecht im Bett.

»Geht es dir schon besser?«, fragte Lea hoffnungsvoll.

»Nein.« Lucie stöhnte leise. »Ich habe trotzdem keine Lust mehr, krank zu sein.«

Lea hockte sich zu ihr auf die Bettkante.

»Du glaubst ja wohl nicht, dass du so schneller wieder gesund wirst«, sagte sie streng.

»Ich muss«, erwiderte Lucie schlapp. »Die Bandproben und der Auftritt auf dem Schulfest. Verstehst du? All das kann ich doch nicht sausen lassen.«

Lea fiel aus allen Wolken.

»Hast du Rabatze etwa noch gar nicht Bescheid gesagt?«

»Nein.« Lucie sah ihre Schwester mit fiebrigem Blick an. »Vielleicht könntest du ja …«

»Vergiss es!«, fiel Lea ihr sofort ins Wort. »Das kann ich nicht. Never!«

»Quatsch mit Quarkpaste«, brummte Lucie. »Natürlich kannst du das. Du hast die gleiche Stimme wie ich und bist garantiert nicht weniger musikalisch. Immerhin wünschst du dir eine Gitarre. Mit meiner Hilfe kannst du dir sogar bald eine kaufen. Ich habe dir den Connydora-Job verschafft, und ich bin vorgestern sogar für dich eingesprungen.«

»Eingesprungen!« Lea tippte sich an die Stirn. »Du hast eine Hunde-Entführung angestiftet und sogar den Butterkeks mit hineingezogen!«

»Papa war einverstanden«, hielt Lucie dagegen. »Wir hatten die Sache von Anfang bis Ende im Griff. Connydora wurde nicht ein Haar gekrümmt. Sie war pünktlich wieder daheim. Und was das Beste ist: Der Direx hat Finn, Can und Niko auf der Stelle beurlaubt, bis entschieden ist, was mit ihnen geschehen soll.«

»Jedenfalls bin ich dir nichts schuldig«, gab Lea zurück.

»Okay, das stimmt.« Lucie ließ leise seufzend ihren Kopf in den Kissenhaufen zurücksinken. »Aber du könntest meinen Traum retten … bitte!«

Lea öffnete den Mund zum Protest, doch ihre Schwester war noch nicht fertig.

»Wenn du meine Sachen anziehst und so tust, als wärst du ich, kann dir gar nichts passieren.«

Lea schluckte. »Und wenn ich dich blamiere?«

Dann nämlich wäre der große Traum dahin.

»Das wirst du schon nicht«, krächzte Lucie.

»Und wenn doch?«

»Mein Risiko«, sagte Lucie und deutete auf ihren Kleiderschrank. »Los, zieh dich um!«, befahl sie. »Und dann ab mit dir zu Rabatze.«

Lea entschied sich, mit dem Bus zu fahren. Fürs Fahrrad fühlte sie sich einfach zu wackelig und zu unkonzentriert. Dabei bestand bei genauer Betrachtung eigentlich überhaupt kein Grund für sie, so schrecklich nervös zu sein.

Okay, sie trug Lucies Klamotten und sie war fest entschlossen, ihre Schwester unter gar keinen Umständen zu blamieren. Egal wie Lucie das sah, aber Lea würde ganz sicher nicht zusammen mit der Schulband auftreten, wenn sie merkte, dass sie das nicht hinbekam. Im Moment konnte sie sich ja nicht einmal die Texte merken, die Lucie ihr aufgeschrieben und sogar einmal komplett mit ihrer verschnupften Krächzstimme vorgetragen hatte. Dabei waren die nun wirklich nicht kompliziert!

»Rabatze soll entscheiden«, murmelte Lea und stopfte die Textblätter in ihren Rucksack zurück.

Er würde sowieso sofort merken, dass sie nicht Lucie war. Dafür kannte er ihre Schwester nämlich viel zu gut.

Kurz vor der Station Pergesiusstraße sprang Lea auf. Sie stellte sich in die Mitteltür und drückte auf den Knopf für das Stoppsignal. Der Bus steuerte die Haltebucht an, und zwei Minuten später stand sie vor dem ockergelb getünchten Haus mit den dunklen Fensterrahmen.

Ihr Finger war gerade im Begriff, die Klingel anzupeilen,

als bereits der Türsummer ertönte. Zögernd betrat Lea das Treppenhaus.

»Beeil dich, Lucie!«, erschallte Rabatzes Stimme zu ihr herunter. »Das musst du dir anhören!«

»Okay …« Lea schlug das Herz bis zum Hals hinauf. Mit zitternden Fingern umfasste sie das Treppengeländer und schrak richtiggehend zusammen, als die Tür hinter ihr zufiel. »Ich schaff das nicht …«, murmelte sie, während sie Stufe für Stufe erklomm. »Nie im Leben krieg ich das hin … keine Chance …«

Und dann stand sie plötzlich vor der geöffneten Wohnungstür. Rabatze trug ein gelbes T-Shirt, auf dem **Elvis ist tot, es lebe After School** stand, und griente von einem Ohr zum anderen.

»Punkt-um ist echt so coool«, schwärmte er, schlang seine Arme um Lea und küsste sie herzhaft auf die Wange.

»So«, sagte er und atmete so heftig aus, als wäre eine Zentnerlast von ihm abgefallen. »Das musste jetzt echt endlich mal sein.«

Lea stand da wie schockgefroren. Sie wagte es nicht einmal, ihre Wimpern zu bewegen, geschweige denn sich sonst irgendwie zu rühren. Tod und Teufel, wenn DAS Lucie gesehen hätte!, war alles, was sie denken konnte.

»Jetzt guck doch bitte nicht gleich so, als ob du eine Giftpille verschluckt hättest«, sagte Rabatze und lachte ein wenig verunsichert. »Das war nur ein harmloser Kuss. Daran stirbt man nicht. Na ja, jedenfalls nicht sofort … ähm, soweit ich weiß jedenfalls …«

Offensichtlich verlegen wich er zurück. Er kratzte sich im

Nacken, blähte die Backen und musterte Lea beinahe reumütig.

»Oh, Hacke!«, stieß er plötzlich aus. »Du bist gar nicht Lucie!«

»Ähm … nein«, brachte Lea mühsam hervor. »Aber trotzdem …«

Sie und Rabatze starrten sich eine Weile an.

»K-komm erst mal rein«, stammelte er schließlich und trat zur Seite, damit Lea an ihm vorbeihuschen konnte. »Mein Zimmer ist gleich da vorne«, fuhr er fort und lief eilig voraus.

Lea folgte ihm langsam, und mit jedem Schritt sah sie ein bisschen klarer. Rabatze hatte *Lucie* geküsst und nicht sie. Er hatte ihre Schwester gern. Und zwar richtig gern. Damit war die Sache eigentlich perfekt. Zumindest wenn Lucie nicht so verbohrt wäre und beharrlich behauptete, dass sie nicht in ihn verliebt sei.

Dann stand Lea in Rabatzes Zimmer, das hell und freundlich war und ziemlich musikalisch wirkte. Die Gitarre bemerkte sie jedenfalls sofort. Und mit einem Schlag fiel sämtliche Nervosität von ihr ab.

Punkt-um saß in seinem Käfig und wackelte mit dem Kopf auf und ab.

»Hallo, Süße«, säuselte er und stimmte ein paar Gitarrenklänge an. Vom Rhythmus her erinnerten sie Lea an einen von Lucies Songtexten. *After School.*

»Damit meint er wohl meine Schwester«, sagte Lea lächelnd.

»Ja, ähm …« Rabatze schloss die Zimmertür und raufte sich die Haare. »Es tut mir leid.«

»Du kannst froh sein, dass du mich erwischt hast«, entgegnete Lea, während sie einen Finger durch die Käfigstäbe schob und Punkt-um am Kopf kraulte. »Lucie hätte dir garantiert sofort eine geklatscht.«

Rabatze stöhnte. »Und dann wäre sie weggerannt.«

Er ließ sich auf sein Bett fallen und schlug sich mit beiden Handballen gegen die Stirn.

»Zu Recht«, betonte Lea. »Man darf doch nicht einfach jemanden küssen.«

Rabatze ließ die Hände sinken und sah Lea aus rot geäderten Augen an. »Sie mag mich nicht. Stimmt's?«

»Doch, tut sie.«

»Aber nicht SO? Oder?«

»Warum fragst du sie nicht einfach?«, gab Lea zurück. »Oder sagst ihr, wie es dir damit geht?«

»Weil das eben nicht so einfach ist«, erwiderte Rabatze. Er stand vom Bett auf und fing an, im Kreis herumzulaufen. Plötzlich stoppte er. »Wo ist sie überhaupt?«

»Zu Hause im Bett«, antwortete Lea. »Sie ist krank.«

»Ach, du schei…öner Mist.« Rabatze wühlte sich mit beiden Händen durch die Haare, bis sie aussahen wie eine Fellmütze, die man unter Strom gesetzt hatte. Dann schüttelte er verständnislos den Kopf. »Und wieso schreibt sie mir das nicht?«

»Weil sie unbedingt möchte, dass euer Auftritt auf dem Schulfest so stattfindet, wie ihr es geplant habt«, erklärte Lea.

»Krankmist«, krächzte Punkt-um.

»Das sehe ich ganz genauso«, pflichtete Rabatze ihm bei. »Wie sollen wir unseren Auftritt planmäßig durchziehen, wenn Lucie …«

»Sie will, dass ich für sie einspringe«, fiel Lea ihm ins Wort.

Rabatze hob die Augenbrauen. »Traust du dir das denn zu?«

Leas Blick glitt zu seiner Gitarre hinüber. – Wie gerne hätte sie die mal in die Hand genommen!

»Ich weiß nicht«, sagte sie. »Eigentlich bin ich nicht so die Performerin. Lucie kann das viel besser. Aber sie wäre total enttäuscht, wenn der Auftritt ins Wasser fiele.«

»Das tut er nicht«, gab Rabatze zurück. »Die Band spielt auf jeden Fall. Und vielleicht ist Lucie bis Samstag ja auch wieder auf dem Damm.«

Lea nickte. Das war durchaus möglich.

»Allerdings haben wir erst zwei Songs eingeübt …«

»Ich weiß«, sagte Lea. »Und einer davon sitzt noch nicht mal richtig.«

»Stimmt.« Rabatze seufzte und tippte auf sein T-Shirt. »Außerdem haben wir die Band nach einem ihrer Songs benannt: *After School.* Das hier habe ich gestern erst bedrucken lassen.«

»Cool«, meinte Lea. »Weiß Lucie das schon?«

»Nee«, erwiderte Rabatze. »Das wollte ich ihr eigentlich heute erzählen … ähm, sag mal … ist mit der Klampfe etwas nicht in Ordnung, oder warum guckst du sie die ganze Zeit so komisch an?«

»Äh … was?«, fing Lea an zu stammeln. »Die Gitarre? Nein! Die sieht echt schön aus. Es ist bloß … ich will mir irgendwann auch eine kaufen. Ich hab nur noch nicht genug gespart.«

»Oh!« Rabatzes Miene hellte sich auf. »Dann bist du also doch genauso musikalisch wie deine Schwester?«

»Eher nicht«, meinte Lea schulterzuckend. »Ich finde Gitarren toll, dabei kann ich gar nicht spielen. Und ich kann auch nicht texten. Außerdem … ich mag einfach nicht ins Rampenlicht.« Sie kniff die Mundwinkel ein. »Und deshalb ist es vielleicht doch keine so gute Idee, wenn ich am Samstag mit euch auf die Bühne gehe.«

»After School«, rappte da Punkt-um plötzlich mit Lucies Stimme los. »After *School*, das ist nach der *Schul*!« Er tippelte auf seiner Stange hin und her und wippte mit dem Kopf auf und ab. »During School, da lernen wir *was*, und hinterher dann, haben wir *Spaß*.«

Fasziniert starrte Lea den Papagei an.

»Ist es das, was du mir … ähm, Lucie … vorführen wolltest?«

»Ja, das auch«, sagte Rabatze. »Und ich glaube, mir kommt da gerade eine ziemlich grandiose Idee ….« Er sah Lea in die Augen und lächelte schief. »Es wäre total toll, wenn du mitmachst!«

Eigentlich hätte Lea zuerst mit Lucie sprechen müssen. Und sowieso hätte sie am liebsten Nein gesagt. Aber Rabatze hatte es nicht akzeptiert. Er hatte sie überredet, Lucies Textblätter herauszuholen. Zuerst hatten sie beide zusammen gesungen, dann Lea allein. Und Punkt-um hatte dazu »Gitarre gespielt«. Und zwei Stunden später hatte sie dann einfach zugestimmt.

Lucie würde ihr hoffentlich wirklich nicht böse sein, wenn sie jetzt gewissermaßen ihre Rolle übernahm.

Inzwischen waren drei Tage vergangen, und das Schulfest stand kurz bevor.

Lucie hatte das Gröbste überstanden. Am Samstagmorgen zeigte das Fieberthermometer völlig normale 36,8° Grad an. Allerdings war sie noch immer ziemlich verschnupft, und es brauchte einiges an doppelkeksschwesterlicher Überredungskunst, um ihre Eltern davon zu überzeugen, dass Lucie es durchaus überleben würde, wenn sie auf das Schulfest ging.

»Ich muss mir unbedingt den Auftritt der Schulband anschauen«, erklärte sie. »Bitte!«

»Du wirst da aber nicht mitmachen«, ermahnte ihre Mutter sie.

»Natürlich nicht!«, wies Lucie empört von sich.

Sie hatte sich längst damit abgefunden, dass einmal mehr Lea sämtliche Lorbeeren einheimsen würde – und sie selbst schon wieder im Abseits stand. Aber das war schon okay so. Seit der erfolgreich durchgezogenen Connydora-Aktion war Lucie irgendwie versöhnlich gestimmt. Da hatte ihr Vater hundertprozentig zu ihr gestanden, und am Ende hatte sich das Ergebnis wirklich sehen lassen können.

Man – das waren der Direx, die Mittelstufenleiterin und ihr Klassenlehrer Herr Bongartz – hatte mit den Eltern von Finn, Niko und Can gesprochen und gemeinsam entschieden, dass die Jungen getrennt werden sollten. Niko wurde in Leas Klasse versetzt, und Finn musste die Schule wechseln. Can blieb als Einziger in der 7a. Und selbstverständlich würden alle drei vorläufig unter strenger Beobachtung stehen.

Gestern Abend hatte Lucie Miriam eine ellenlange Nachricht geschrieben, und am heutigen Samstagmorgen hatte sie dann als Antwort eine ganze Reihe ☺ von ihr zurückbekommen.

Und beinahe genauso toll wie die vielen Smileys von Miriam waren die drei von Rabatze gewesen. Ihm hatte sie die Geschichte mittlerweile natürlich auch erzählt, und zwar mit heiserer Schnupfenstimme über WhatsApp.

Schon wieder drei Smileys von einem Jungen, der mit Emojis normalerweise eher sparsam umging, gab es schließlich nicht alle Tage!

Lucie war megastolz. Auf den Butterkeks, die ganze Welt und auf sich selbst. Und heute Abend würde sie es vor allem auf ihre Schwester sein.

Motto: Augen zu und durch

»Papa, du musst bitte noch die Torten von Opa Pistorix abholen und in die Schule fahren«, sagte Lea um kurz vor drei. »Alina bringt mich um, wenn es nicht klappt.«

»Keine Sorge, mein Schatz.« Gerald von Leipnitz strich seiner Tochter liebevoll über die Wange. »Es läuft alles wie geplant.«

»Wie, wie geplant?«, stieß Lea hervor. »Wir haben doch überhaupt nichts abgesprochen.«

»Ihr vielleicht nicht«, meinte ihre Mutter und zwinkerte ihr geheimnistuerisch zu. »Aber wir.«

»Was habt ihr denn vor?«, fragte Lea.

Ihr schwante ABSOLUT Schlimmes.

»Nun ja.« Gerald von Leipnitz wiegte unschlüssig seinen Kopf hin und her. »So viel werden wir wohl sagen dürfen: Euer Großvater wollte es sich nicht nehmen lassen, die Kuchen eigenhändig in der Schule abzuliefern.«

»Will er sich etwa alles anschauen?«, presste Lea ein wenig panisch hervor.

»Mhm.« Ihre Mutter nickte. »So in etwa hat er sich ausgedrückt.«

»A-auch den Auftritt der Schulband?«, stotterte Lea.

»Den vor allen Dingen«, bestätigte Gerald von Leipnitz.

OMG! Auch das noch! Reichte es nicht, dass die Butterkekse ihre Darbietung verfolgten?

»U-und Nonna D-Dolce Vita?«, stotterte Lea weiter, denn jetzt schwante Lea eindeutig das ABSOLUT ALLERSCHLIMMSTE.

»Wie ich sie kenne, wird sie ihn begleiten«, erwiderte ihre Mutter. »Sie ist früher schon gerne auf Rockkonzerte gegangen. Da wird sie sich den Auftritt von Lucies Freund wohl kaum entgehen lassen.«

»Rabatze ist nicht Lucies Freund«, stellte Lea klar. »Jedenfalls nicht so, wie ihr denkt.«

»So?« Rosanna von Leipnitz grinste ein wenig zweideutig. »Was denken wir denn?«

»Ach!« Lea machte eine genervte Geste und trottete in ihr Zimmer.

Auf welche Weise Lucie und Rabatze befreundet waren, spielte im Moment echt keine Rolle. Das war nun wirklich das ABSOLUT kleinste Problem. Die Frage war jetzt nicht einmal mehr, wie Lea den Abend überleben sollte, sondern wie die nun unweigerlich auf sie zurollende Katastrophe noch zu verhindern war.

Verdammt, Lea musste unbedingt mit Lucie reden! Die kannte bisher ja auch bloß die halbe Wahrheit. Dummerweise hatte aber der Teufel seine Finger im Spiel, und der sorgte dafür, dass sich für die Schwestern keine Gelegenheit mehr ergab, ungestört ein paar Worte miteinander wechseln zu können.

Zuerst saß Lucie geschlagene hundert Ewigkeiten auf dem Klo, und dann stand plötzlich die verzweifelte Alina vor der

Haustür und flehte Lea an, sofort mit ihr in die Schule zu fahren und ihr beim Dekorieren der Kuchentheke zu helfen.

Na gut, dachte Lea bei sich. Dann soll es eben so sein.

Ohnehin hätte sie das Programm nicht mehr ändern können. Jedenfalls nicht, ohne Rabatze zu verärgern, weil in dem Fall nämlich all die Proben, die sie in den letzten Tagen miteinander abgehalten hatten, für die Katz gewesen wären. Das Motto hieß also: Augen zu und durch.

Als Lea und Alina mit ihren Fahrrädern in der Schule eintrafen, herrschte dort bereits reges Treiben. Im Eingangsbereich gab es ein Empfangspult, an dem Fünftklässler bunt bemalte Sticker gegen eine Spende für die Partnerschule in Mali verteilten. Auf dem Sportplatz wurde gerade ein riesiger Zirkeltraining-Parcours aufgebaut, und der neunte Jahrgang hatte ein Spielzimmer und einen Streichelzoo für die kleinen Geschwisterkinder eingerichtet. Es wurden kunstvoll gefaltete Papiergirlanden aufgehängt, Utensilien-Kartons herumgetragen und Luftballons aufgeblasen. Im Werkraum bereitete die Oberstufe alles für den Bau von kleinen solarbetriebenen Robotern vor und auf der Theaterbühne liefen die Proben zu *Die Schöne und das Biest*.

Das ganze Gebäude hallte von aufgeregtem Geplapper und fröhlichem Gelächter wider.

Offiziell startete das Schulfest um fünf. Der Auftritt von *After School* war für halb acht Uhr geplant und würde somit circa eine Dreiviertelstunde nach der Theateraufführung losgehen. Bis dahin blieb Lea noch reichlich Zeit zum Panik-erst-mal-Beiseiteschieben oder – was sehr viel wahrscheinlicher war – zum Jede-Minute-immer-aufgeregter-Werden.

»Der Kuchentisch steht in der Cafeteria«, sagte Alina und lief mit schnellen Schritten voraus.

Sie hatte zwei große Papiertüten dabei, die ziemlich aufgeplustert aussahen, aber nicht sonderlich schwer zu sein schienen.

»Willst du mir nicht endlich verraten, was du da mitschleppst?«, fragte Lea, schloss eilig zu ihr auf und versuchte, einen Blick in eine der Tüten zu erhaschen.

»Wirst du gleich sehen«, antwortete Alina knapp, schlüpfte als Erste durch die Cafeteria-Tür und steuerte auf die lange Kuchentafel zu.

Sie war komplett mit einer weißen Decke aus Papierspitze versehen, und neun verschiedene Kuchen und Torten hatten bereits ihren Platz darauf gefunden.

Alina zog zwei Stühle heran, auf denen sie die Tüten abstellte. Aus der einen holte sie einen Schmetterling und aus der anderen eine Mohnblüte – beides aus buntem Krepppapier – hervor. Die Blüte hatte Staubblätter aus Perlen und der Schmetterling einen Körper und Fühler aus feinem Silberdraht.

»Wow!«, stieß Lea aus. »Hast du die etwa selber gemacht?«

»Joh!« Alina strahlte aus sämtlichen Poren. »Dreißig Blumen und ebenso viele Schmetterlinge.«

»Mann, du bist ja verrückt!«, sagte Lea kopfschüttelnd. »Wieso hast du denn nix gesagt? Ich hätte dir dabei helfen können.«

»Du warst doch krank«, erwiderte Alina. »Und danach hattest du ja angeblich keine Zeit für unseren Klassenbeitrag. Wieso eigentlich nicht?«, wollte sie wissen.

»Das kann ich dir nicht sagen. Ist nämlich eine Überraschung.« Lea seufzte leise. »Und ich hoffe echt, dass alles gut geht.«

»Okaaayyy ...«, sagte Alina gedehnt. »Besonders glücklich siehst du nicht gerade aus.«

»Na ja ... das Ganze könnte in einer Katastrophe enden«, murmelte Lea und reckte den Kopf in Richtung Tür, um nach ihrem Großvater Ausschau zu halten. »Zumindest theoretisch. Ärger gibt es aber auf jeden Fall.«

Alina sah ihre Freundin an, als ob diese nicht alle Tassen im Schrank hätte.

»Wieso machst du es dann?«

»Keine Ahnung«, antwortete Lea ausweichend. »Wegen Lucie ... und Rabatze und der Schulband. Ich konnte ja nicht wissen ...«

Sie brach ab, denn in dieser Sekunde betraten Otto von Leipnitz und Ludovica de Angelis mit vier Tortenschachteln die Cafeteria.

»Was?«, fragte Alina.

»Ach nix«, erwiderte Lea und lief auf ihre Großeltern zu.

Vielleicht ließen sie sich ja doch noch davon überzeugen, dass so ein Schulband-Auftritt nicht das Richtige für sie war. – Von wegen Lautstärke und Rap-Rhythmen und so.

»Das kommt ja überhaupt nicht infrage, Zwengelchen«, erwiderte Otto von Leipnitz geradezu empört, kaum dass Lea mit ihren Überredungskünsten begonnen hatte. »Die paar

Dezibel, die ihr mit eurer Gitarrenmusik verursacht, werden meine alten Ohren schon noch aushalten.«

»Das will ich meinen«, pflichtete Ludovica de Angelis ihm bei. »Ich habe in meiner Jugend jedenfalls kaum ein Rock-Konzert ausgelassen. Und wenn du denkst, dass ich *Eminem* oder die *Red Hot Chili Peppers* nicht kenne, dann bist du gewaltig auf dem Holzweg.«

»Ähm, okay …« Lea lächelte matt.

Dagegen konnte sie nun wirklich nicht mehr viel sagen. Und somit blieb ihr Motto, wie es war: Augen zu und durch!

Eine gute halbe Stunde später war die Kuchentafel dann vollständig bestückt und mit den Papierblüten und Schmetterlingen dekoriert.

»Das sieht echt super aus!«, schwärmte ihre Klassenkameradin Natalie, und Lea konnte nur zustimmen.

»Wenn bloß diese Protztorten von Geli, Ronja, Antonia und Jenny nicht wären«, meinte Natalie und deutete auf drei mehrstöckige Sahneteile, die pastellig eingefärbt und mit Hunderten von Zuckerperlen verziert waren. »Guckt man die zu lange an, kriegt man hundertpro Augenkrebs davon.«

»Dafür sind die von deinem Opa echt schön geworden«, raunte Alina Lea zu. »Richtige kleine Kunstwerke.«

»Wo sind die Barbie-Dolls überhaupt?«, murmelte Lea und blickte sich um. »Ich hab sie noch gar nicht gesehen.«

Natalie grinste breit. »Wie nennt ihr die? Barbie-Dolls? Ha, das passt!«, feixte sie. »Die haben nämlich angeblich was Besseres vor.«

»Was Besseres?«, fragte Alina, woraufhin Natalie nur mit den Schultern zuckte.

Lea schüttelte leise den Kopf. Wenn Jenny, Ronja und Geli tatsächlich nicht auf dem Schulfest erschienen, hatte das garantiert mit dem Auftritt der Schulband zu tun. Vermutlich hatten sie keine große Lust, sich anzusehen, wie Lucie für ihre Gesangskünste bejubelt wurde.

Lea warf einen Blick auf ihre Armbanduhr. Oh Gott, schon kurz vor fünf! »Tut mir leid, Alina, ich bin in fünf Minuten mit Rabatze in der Umkleide verabredet. Damit auch bestimmt alles klappt, wollen wir noch einen kleinen Probelauf durchziehen.«

Lucie musste sich bis Viertel vor sieben gedulden. Erst dann waren die Butterkekse bereit, sie ins Auto zu verfrachten und mit ihr zur Schule zu fahren. Ihre Temperatur war wieder leicht gestiegen. Ganz undramatisch zwar, wie Lucie fand, nämlich auf nur 37,5 Grad, trotzdem hatte ihre Mutter darauf bestanden, dass sie höchstens zwei Stunden auf dem Fest blieb und sich danach sofort wieder ins Bett legte.

Besser als nichts, hatte Lucie sich gedacht. Und nun stand sie hier, mitten in der Aula, zwischen den Butterkeksen, Opa Pistorix, Nonna Dolce Vita und unzähligen weiteren Schülern, Eltern und Geschwistern und starrte auf das große rote Stoffbanner, das an der Bühnenhinterwand befestigt war.

AFTER SCHOOL stand dort in dicken schwarzen Lettern. Lucie hätte quietschen können vor Freude. Die Band hatte doch tatsächlich ihren Songtitel als Namen auserkoren. WOW! – Wie cool war das denn! Und es kam sogar noch besser.

Verstärker und Lautsprecher waren aufgebaut, und die Instrumente standen ebenfalls bereit. Durch einen Vorhangspalt an der Seite betraten die Bandmitglieder die Bühne. Lucie sah, wie Benedict aus der 8b sich hinter das Schlagzeug setzte und Leni, das Mädchen aus der Zehnten, die Melodie-Gitarre ergriff. Drei dunkle Schatten huschten geduckt zwischen den Boxen umher. Kurz darauf rockten E-Bass und Rhythmusgitarre los, und im selben Moment sprang das Licht an. Weiße, rote, gelbe, blaue und grüne Spots wechselten sich ab, und Rabatze stand nun ganz vorne. Die rot-schwarze Gitarre baumelte vor seiner Hüfte. Mit der rechten Hand schlug er einen hippen Rhythmussound, mit der rechten umfasste er das Mikro und rappte los: »After *School*, das ist nach der *Schul* … During School, da lernen wir *was* … und hinterher dann, haben wir *Spaß*.«

Oh, Mann! Lucies Knie zitterten, und ihr Herz wummerte zu den Beats. Das war ja *ihr* Text! *Ihr* Song! Sie fragte sich noch, wieso Lea ihn nicht sang, als ihr Blick auf Rabatzes türkisfarbenes T-Shirt fiel. **I ♥ Lucie** stand dort. Mitten auf seiner Brust und unübersehbar für jeden, der sich auf der Bühne oder im Publikum befand.

In Lucies Kopf flog alles durcheinander. Wie benommen starrte sie auf Rabatzes Geständnis.

»Sag bloß, du hast es nicht gewusst?«, flüsterte ihre Mutter ihr zu.

»Was?«, hauchte Lucie.

»Dass er dich gernhat.«

Na ja, schon. Irgendwie. Aber doch nicht so DIREKT.

»Das ist mein Lied, Mama«, krächzte Lucie und fing an,

auf und ab zu hüpfen. »Raba singt das Lied, das ich gedichtet habe.«

Rosanna von Leipnitz reckte beide Daumen hoch.

»Oh, mein Schatz«, sagte sie und umarmte Lucie stürmisch. »Das ist ein richtig klasse Text. Ich bin mächtig stolz auf dich.«

Puh! – Wann hatte Mama ihr das letzte Mal ein solches Kompliment gemacht? Lucie konnte sich kaum mehr daran erinnern und hätte am liebsten laut herausgelacht, so glücklich war sie.

Ihr Vater klopfte ihr ebenfalls anerkennend auf die Schulter. Nur Otto von Leipnitz und Ludovica de Angelis bekamen von all dem nichts mit. Sie hatten einander untergehakt, schnipsten mit den Fingern und schaukelten ihre Hüften im Takt der Musik – die urplötzlich verstummte. Das Licht ging aus, und es wurde schlagartig stockdunkel auf der Bühne.

»After *School*, das ist nach der *Schul* … during School, da lernen wir *was* … und hinterher dann, haben wir *Spaß*«, ertönte Lucies Stimme aus den Lautsprechern.

»Oh!«, stießen Rosanna und Gerald wie aus einem Munde hervor. Verdattert heftete Lucie ihren Blick auf die Bühne.

War das möglich? Hörte ihre Schwester sich tatsächlich genauso an wie sie?

Der Gesang verklang, und die Scheinwerfer blitzten erneut auf. Als Nächstes spielte *After School* ein rockiges Stück. Dann ein zweites und noch ein drittes. Doch von Lea fehlte jede Spur.

Lucie war nun vollends verwirrt.

Wo war ihre Schwester? Und hatte Lea tatsächlich von irgendwo hinter der Bühne mit Original-Lucie-Stimme gesungen? – Oh Mann, hoffentlich würde Lucie darauf bald eine Antwort erhalten, sonst kam sie vor Aufregung noch um.

Doch erst einmal spielte die Band einfach weiter.

Nach einem fetzigen Gitarrensolo von Leni schnappte Rabatze sich erneut das Mikrofon.

»Liebe Leute, wir danken euch!«, rief er und erntete tosenden Applaus.

Der hintere Teil der Bühne war inzwischen wieder völlig dunkel, Boxen, Instrumente und Musiker konnte man nicht einmal mehr schemenhaft erkennen. Ein einziger Scheinwerfer warf sein weißes Licht auf Rabatze.

»Wollt ihr eine Zugabe?«, fragte er.

Das Publikum johlte und stampfte mit den Füßen. Pfiffe ertönten.

»Na gut«, sagte Rabatze – und nach einer kleinen Pause: »Dann sollt ihr sie bekommen. Aber nur diese eine einzige. Sie ist nämlich etwas ganz Besonderes … Lucie, ich hoffe, du bist hier«, fügte er leise, beinahe flüsternd hinzu.

Rabatze trat aus dem Licht heraus. Für die Länge eines tiefen Atemzugs geschah überhaupt nichts. Dann wanderte der Scheinwerferkegel langsam über die Bühne und fiel schließlich auf Lea. Neben ihr stand nun ein kleiner Tisch und darauf …

OMG! OMG! OMG! – Lucies Blick flog zu ihrer Nonna und dann zu ihrer Mutter.

Rosanna von Leipnitz war aschfahl im Gesicht.

»Ja, bist du denn total verrückt geworden?«, murmelte Lucie.

Sie war bereits drauf und dran, die Bühne zu stürmen, als Lea nach dem Tuch über dem Käfig griff und es herunterzog.

Punkt-um saß auf einer Stange und krakeelte: »Ich bin eine Gitarre … Süüüße!«

Amüsiertes Gelächter erschallte, und Lucie hörte ihre Großmutter fragen: »Dio mio! Wie, zum Teufel, kommt mein Pippino hierher?«

Punkt-um öffnete den Schnabel, und sanfte Gitarrenklänge füllten die Aula. Lea holte tief Luft, schloss die Augen und fing zaghaft an zu singen: »Hörst du mich, Schwesterkeks? Kannst du mich seh'n? Ich tu das hier nur für dich, denn du bist die Queen. Hört ihr mich, Publikum? Könnt ihr mich sehn?«

»Jaaa!« – »Klar!« – »Und wie!«, riefen alle durcheinander.

»Leider ist Lucie heute krank«, erklärte Lea. »Sie ist die Sängerin von *After School* und sie schreibt auch die Texte. Das, was ihr vorhin gehört habt, war nicht ich, sondern er«, fuhr sie fort und richtete ihren Finger auf Punkt-um.

»After *School*, das ist nach der *Schul* …«, fing der Papagei mit Lucies Stimme an zu singen. »During School, da lernen wir *was* … und hinterher dann, haben wir *Spaß*.«

Der Vorhang fiel.

»Rrrrrabatzeee!«, krakeelte Punkt-um. »Er mag dich!«

Das Publikum jubelte, und Lucie rutschte das Herz in die Hose.

»Wir haben es damals einfach nicht übers Herz gebracht, ihn im Tierheim zu lassen«, erklärte Rosanna von Leipnitz wenig später, als sie alle zusammen mit Alina, Rabatze und Punkt-um im Umkleideraum saßen.

»Herrrz … Süüüße«, säuselte Punkt-um.

Er steckte seinen Schnabel durch die Gitterstäbe und ließ sich genüsslich schnurrend von Leas und Lucies Nonna kraulen.

»Du hast doch hoffentlich nicht vergessen, dass du eigentlich Pippino heißt?«, murmelte Ludovica de Angelis zärtlich.

»Pippiiino!«, erwiderte Punkt-um.

»Dann hat er also eigentlich euch gehört?«, hakte Lea zaghaft nach.

»Ja, ja«, erwiderte ihre Großmutter knapp. »Genau genommen eurem Großvater.«

»Aber wieso …«, begann Lucie, wurde jedoch durch eine unwillige Geste ihrer Nonna zum Schweigen gebracht.

»Gianni hat den Papagei mit in unsere Ehe gebracht«, erzählte sie.

»Was! So alt ist er schon?«, stieß Alina verwundert aus.

»Jawohl.« Ludovica de Angelis nickte. »Die meisten Papageienarten leben fünfzig Jahre und länger. Aber um auf euren Großvater zurückzukommen …«, fuhr sie an Lea und Lucie gewandt fort. »Gianni hatte großen Spaß daran, Pippino die schlimmsten Schimpfwörter beizubringen. Eines Tages vergaß er nach dem Reinigen des Käfigs, die Klappe zu schließen, und sein kleiner Liebling flog durch die offen stehende Balkontür davon.«

»Oje!«, rief Lucie bestürzt. »Und was passierte dann?«

»Wir warteten über eine Woche, alarmierten die Nachbarschaft und hängten an jeder Ecke Venedigs DIN-A4-Blätter mit einem Foto von Pippino auf«, erzählte Ludovica de Angelis. »Wir hatten sogar einen Finderlohn von tausend Euro ausgesetzt. Doch niemand meldete sich.«

»Und als diese Woche vorüber war?«, fragte Lea vorsichtig.

»… legte euer Großvater sich zum Mittagsschlaf hin und wachte nicht wieder auf«, antwortete ihre Nonna mit einem tiefen Seufzen. »Zwei Stunden später kam Pippino zur Balkontür hereingeflattert, hockte sich in seinen Käfig, sagte ›*Bestia! Tu puzzi come un cane morto*‹, putzte sich das Gefieder und tat so, als ob überhaupt nichts gewesen wäre.«

»Dio mio!«, platzte es aus Lea heraus, und Lucie wollte wissen: »Was heißt: ›*Bestia! Tu puzzi come un cane morto*‹?«

Ludovica de Angelis warf ihr einen finsteren Blick zu und knurrte: ›Rindvieh! Du stinkst wie ein toter Hund.‹ Daraufhin habe ich ihn unverzüglich ins Tierheim gebracht.«

»Oh Mann!« Lucie raufte sich die Haare. »Glaubst du denn echt, dass Nonno Gianni wegen Punk… äh Pippino gestorben ist?«

»Natürlich nicht«, gab ihre Großmutter zurück. »Gianni hatte schon seit einigen Jahren Probleme mit dem Herzen. Wenn überhaupt jemand schuld an seinem Tod war, dann sind es die Medikamente gewesen, die er viel zu unregelmäßig eingenommen hat.«

»Und warum hast du Pippino dann ins Tierheim gebracht?«, wollte Lea wissen.

»Weil ich all die Schimpfwörter, die eurer Großvater ihm beigebracht hatte, nicht mehr hören wollte«, antwortete Ludovica de Angelis. »Sie erinnerten mich einfach zu sehr an Gianni. Nach ein paar Wochen bereute ich es allerdings und wollte Pippino wieder nach Hause holen. Aber da hatte er bereits einen neuen Besitzer gefunden«, fuhr sie fort und sah lächelnd von einem zum anderen. »Ich kann euch gar nicht sagen, wie glücklich ich bin, dass er bei euch gelandet ist!«

»Und ich dachte, du würdest uns den Kopf abreißen, wenn …«, begann Rosanna von Leipnitz, Ludovica de Angelis fiel ihr jedoch sofort ins Wort.

»Na hör mal!«, sagte sie empört. »So etwas würde ich niemals tun! Weder dir, noch dem begabten Punkt-um oder meinen talentierten Enkeltöchtern. Ihr alle miteinander habt mir übrigens einen ganz wundervollen Abend beschert.«

»Nicht nur dir«, meinte Otto von Leipnitz und drückte liebevoll ihre Hand. »Ich finde, wir haben ganz zauberhafte Zwengelchen.«

»U-und was passiert jetzt mit Punkt-um?«, fragte Lea ihre Nonna. »Wieso heißt er überhaupt so?«

»Die Sache ist ganz einfach«, ergriff Gerald von Leipnitz das Wort. »Als wir den Papagei aus dem Tierheim geholt haben, hat eure Mutter zu ihm gesagt: ›Du kommst jetzt mit zu uns nach Deutschland. Punktum!‹«

»Ach so!« Lea schlug sich mit der Hand gegen die Stirn. »Punktum heißt wohl so viel wie basta!«

»Genau!« Ihr Vater nickte. »Und Punkt-um fand dieses Wort so toll, dass er es uns die folgenden Tage zu jeder Gelegenheit um die Ohren krakeelt hat. Wir konnten ihn gar nicht anders nennen«, fügte er mit einem breiten Grinsen hinzu.

»Okay …« Lea wandte sich wieder ihrer Nonna zu. »Und jetzt?«, fragte sie noch einmal. »Nimmst du ihn etwa wieder mit nach Venedig?«

»Ach was!«, erwiderte Ludovica de Angelis. »Er hat sich doch längst an euch gewöhnt. Außerdem bleibe auch ich noch eine Weile hier und helfe eurem Großvater beim Tortenbacken.«

Oha! Lucie riss erstaunt die Augen auf. Das waren ja ganz neue Töne! Offenbar verstanden die beiden sich richtig gut.

Plötzlich schlang Rabatze ihr seinen Arm um den Hals und drückte ihr einen Kuss auf die Wange.

»Süüüüße«, knarzte Punkt-um. »Errr mag dich.«

»Stimmt«, wisperte Rabatze und sah Lucie erwartungsvoll an. »Keine Ohrfeige, also ja«, meinte er schließlich.

Lucie schüttelte den Kopf. »Wie, ja?«

»Jetzt gib ihr schon das T-Shirt«, forderte Lea ihn grinsend auf.

»Was für ein T-Shirt?«, fragte Lucie, aber da hatte Rabatze es bereits hinter seinem Rücken hervorgezogen.

Es war genauso türkis wie seins, nur zwei Nummern kleiner und trug den Aufdruck **I ♥ Raba**.

»Und?«, fragte er mit wackeliger Stimme.

So schnell war Lucie noch nie in ein T-Shirt geschlüpft.

»Ja«, krächzte sie und küsste ihn ebenfalls auf die Wange.

»Ähm, übrigens …«, stammelte sie. »Ich hab ja auch noch was für dich.«

Rabatzes Augen leuchteten auf. »Du? Für mich?«

»Äh … nee.«

Lucie spürte, wie ihr die Hitze ins Gesicht schoss. – Himmel noch mal, sie war ja völlig durch den Wind! Hoffentlich nahm Raba ihr das nicht übel. Aber der grinste nur selig.

»Ich meinte eigentlich Lea«, fuhr Lucie stockend fort. Sie zog einen kleinen sonnengelben Umschlag aus ihrer Hosentasche und hielt ihn ihrer Schwester unter die Nase.

»Was?« Lea bekam ganz große Augen. »Für mich?«

Sie nahm Lucie den Umschlag aus der Hand und betrachtete ihn mit klopfendem Herzen. Er war sorgfältig zugeklebt und vorne drauf mit einer hübschen selbst gemalten Gitarre verziert.

»Was ist denn das?«, fragte sie überrascht.

»Schau doch einfach mal rein«, erwiderte Lucie.

Und das tat Lea dann auch. Sehr vorsichtig und mit total wackelzittrigen Fingern knibbelte sie den Umschlag auf, klappte die Lasche zurück – und erstarrte.

»Was ist DAS denn?«, presste sie noch einmal ungläubig hervor.

Rabatze reckte den Kopf und warf einen Blick in den Umschlag.

»Sieht aus wie Geld«, meinte er trocken.

»Ja, aber … das sind doch mindestens zweihundert Euro!«, rief Lea.

»Zweihundertfünfzig«, korrigierte Lucie.

»U-und woher hast d-du das?«, stotterte Lea.

Ausgerechnet ihre Schwester, die doch eigentlich immer chronisch pleite war!

»Auf jeden Fall nicht geklaut«, stellte Lucie klar und zwinkerte ihrer Nonna zu. »Und auch nicht gefunden. Sondern quasi verdient. Damit du dir möglichst schnell eine Gitarre kaufen kannst. Falls du es nämlich noch immer nicht wissen solltest«, fuhr sie fort, »du bist musikalisch nämlich ziemlich begabt und könntest dich ruhig mal etwas öfter in den Mittelpunkt stellen.«

»Oh Mann!« Lea stieß einen Jubelschrei aus. Dann flog sie Lucie volle Kanne um den Hals und schmatzte ihr das ganze Gesicht ab. »Du bist der aller-aller-aller-allerbeste, liebste, süßeste Schwesterkeks der Welt!«

»Du aber auch«, kicherte Lucie und drückte ihre Schwester, so fest sie konnte.

»Na, wenn das kein rundum gelungener Abend ist!«, meinte Gerald von Leipnitz schmunzelnd, und alle klatschten stürmisch Beifall.

Schröder, Patricia:
Die Doppel-Kekse
Chaos hoch zwei mit Papagei
ISBN 978 3 522 50513 0

Einbandillustration: Maria Karipidou
Einbandlayout und -typografie: Stephanie Reis
Innentypografie: Kadja Gericke
Reproduktion: HKS-artmedia GmbH, Leinfelden-Echterdingen
Druck und Bindung: GGP Media GmbH, Pößneck

FSC
www.fsc.org
MIX
Papier aus verantwortungsvollen Quellen
FSC® C014496